Anett Klose
Beaglemeute unplugged oder Liebe von A – Z

Unser Leben mit Arko, dem Beagle,
Fridolin, der Landschildkröte
& Dickie, dem Kater

Anett Klose

BEAGLE MEUTE
unplugged

ODER LIEBE VON A-Z

UNSER LEBEN MIT ARKO, DEM BEAGLE,
FRIDOLIN, DER LANDSCHILDKRÖTE
& DICKIE, DEM KATER

Impressum
© 2019 by Anett Klose
Autorin: Anett Klose

Umschlaggestaltung, Illustration: Marie Wölk, www.wolkenart.com
Korrektorat: Anke Höhl-Kayser, www.Textehexe.de / Juliane Bartel
Bilder: Nathalie Bartel, Colinne Bartel, Anett Klose

Verlag & Druck: tradition GmbH, Halenreie 40-44, 22359 Hamburg

ISBN: 978-3-7497-8631-2 Paperback
ISBN: 978-3-7497-8632-9 Hardcover
ISBN: 978-3-7497-8633-6 e-Book

Bibliografische Information der Deutschen Nationalbibliothek:
Die Deutsche Nationalbibliothek verzeichnet diese Publikation in der Deutschen
Nationalbibliografie; detaillierte bibliografische Daten sind im Internet über
http://dnb.d-nb.de abrufbar.

Inhalt

Für Colinne, Juliane
& Nathalie

Prolog

Eine lustig wippende weiße Schwanzspitze hüpft im Gras vor mir her und jeder erkennt daran einen - meinen - Beagle. Immer öfter trifft man auf die lustigen Vierbeiner mit der schönen braun-weißen oder braun-weiß-schwarzen Färbung, bei denen man nicht selten gefragt wird:

„Wie groß wird der mal?"

Er wird höchstens bis zum Knie reichen und passt bequem zwischen die Kinder auf die Rücksitzbank eines Kleinwagens. Jeder dieser kleinen Hunde mit den knubbeligen Falten auf dem Welpengesicht zaubert sofort ein Lächeln auf die Lippen von Hundemenschen, Babys, launigen Teenagern und grimmig dreinblickenden älteren Herren. Keiner kann sich dem Charme eines Beagles entziehen.

Dieses Buch ist meine Geschichte und die meiner Familie. WIR sind zwei Frauen, verbunden in Liebe und durch unsere wundervollen Töchter. Und im Laufe der Zeit sollten noch einige Vierbeiner dazukommen.

Es ist nicht nur die Aneinanderreihung amüsanter Kurzgeschichten über Arko vom Orlagrund, sondern vor allem Reflexion über den Umgang mit einer wunderbaren Hundeseele, die meine Familie und Freunde geprägt hat. Es ist eine Hommage an einen Hund, der einen Adelstitel verdient hätte. Mit einer unbeschreiblichen Grandezza tänzelte er durch sein Hundeleben und war ab und an so überheblich, einschüchternd und selbstbewusst, dass sich selbst Zweibeiner verdutzt dabei ertappten, wie sie vor ihm auf die Knie gingen. Er wusste jeden zu nehmen, den großen Dobermann, den er mit Nichtachtung strafte und damit seinen Frieden hatte, genauso wie die kleine Schnauzerdame, der er furchtlos am Hinterteil klebte.

Ich schreibe über Arkos Leben mit Katze, Schildkröte, Teenagern und als Helfer beim Empty-Nest-Syndrom. Ich schreibe die wunderbarsten Momente mit unserem Schlappohrschlawiner auf und begebe mich nochmals auf die Suche nach der richtigen Erziehung, dem optimalen Futter, dem bequemsten Hundekörbchen und fühle unserem Schmerz beim Loslassen nach.

Keines der beschriebenen Themen haben wir gefühlt auch nur ansatzweise gelöst, doch genau wie in der Kindererziehung haben wir mit einer sehr großen Portion Hingabe und Liebe unser Bestes gegeben. Ich bin keine Hundetrainerin, kein Profi in Hundeerziehung, sondern alles, was ich heute weiß, habe ich mir angelesen oder Arko höchstpersönlich hat es mir beigebracht.

Dieses Buch ist meine liebevolle Erinnerung an eine ebenso fröhliche wie außergewöhnliche Hundeseele, die immer bei uns sein wird.

Anfangs war da diese Katze....

Es war einer dieser schönen Sommermorgen, an denen man schon früh zu ahnen vermag, wie warm es am Abend sein wird. An dem die Vögel nur sehr verhalten zwitschern, da die Luft schon schwer, satt und heiß ist. Es ging kaum ein Lüftchen, die Sonne stand im Südosten und beschien unsere Terrasse gnadenlos. Kaum ein schattiges Plätzchen gab es in unserem Garten.

Wir lebten noch nicht lange hier im kleinen Dorf in der Nähe des Sees, und jeder Tag war aufregend und neu. Und so sollte es auch heute sein. Denn heute bekamen wir zum ersten Mal Besuch von dieser braun-grau-getigerten Katze.

Behände sprang sie über den niedrigen Zaun und würdigte mich keines Blickes. Sehr selbstbewusst und mit hocherhobenem Schwanz stolzierte sie auf unsere Terrasse, ließ sich nieder und begann sich ausgiebig zu putzen. Da saß sie nun in der prallen Sonne auf einer Pobacke, völlig unbeeindruckt von meiner Gegenwart, streckte die Hinterbeine in die Luft und leckte ihr Fell am Bauch. Dabei bewegte sich ihr Kopf auf und ab, sie wurde schneller, schleckte dann sehr ausgiebig die Außenseiten ihrer Pfoten und schließlich wischte sie mit der feuchten Pfote über Hals, Kopf und die Schnauze.

Noch immer störte sie sich nicht im Geringsten an mir. Ich saß wie ein Gast auf meinem eigenen Stuhl an meinem eigenen Tisch und beobachtete ihr Tun. Dann schaute sie mir für einen sehr langen Augenblick in die Augen, schloss diese, bis nur noch ein schmaler Schlitz zu sehen war.

In diesem Moment klappte das Gartentor und ich hörte meine Töchter den kleinen Hügel zum Garten herauflaufen. Schlaksige, braungebrannte Kinderbeine in Röckchen und mit Turnschuhen an den schmalen Füßen stoppten jäh hinter der Hausecke, als sie den Besuch bemerkten.

Das aufgeregte Geplapper erstarb und Erstaunen huschte über die beiden

Gesichter. Die Mädchen sahen sich prüfend an, dann mich, dann wieder die Katze. Ich wusste, was in ihren Köpfen vor sich ging. Wir hatten freilich schon darüber gesprochen, wieder eine Katze zu haben, so wie vor einigen Jahren. Aber so richtig und endgültig hatten wir nichts entschieden.

Nun entspannte sich die Katze vollends, streckte sich, legte sich auf den Rücken und ließ sich kraulen. Unsere Zwillingsmädchen waren entzückt von ihr. Nach einer Weile erhob sie sich, dehnte sich ausgiebig und begann zu maunzen. Laut, fordernd und anhaltend. Sie strich um unsere Beine, schnurrte und schmeichelte sich nach allen Regeln der Katzenverführungskunst bei uns ein. Mit einem Satz stand sie auf einmal auf unserem Tisch und durchbohrte uns wieder mit einem klaren Blick aus ihren gold-gelbbraunen Augen.

Etwas Milch verdünnt mit Wasser musste es für den Anfang tun, etwas Passenderes hatten wir nicht im Haus. Sie trank gierig, schleckte die Schale aus und verschwand mit einem geübten Sprung über den Zaun. Am nächsten Tag kam sie zurück. Wir waren vorbereitet. Katzenfutter und Wasser, das war genau nach ihrem Geschmack. Es dauerte nicht lang, dann kam sie jeden Abend. Aß, putzte sich, ließ sich nach kurzer Zeit auch ausgiebiger kraulen und wenn sie genug hatte, fauchte sie den Streichelnden an, sprang vom Schoß und verschwand.

Eines Tages jedoch blieb sie zum Schlafen. Die Sofaecke sollte ihre Schlafecke werden. Sie kam am Morgen, blieb den ganzen Tag und verschwand nach dem Fressen. Eine Streunerin also. Auch gut, dachten wir. Dann haben wir nicht wirklich zu entscheiden, ob sie ‚unsere Katze' wird. So mit allen Konsequenzen von Füttern bis Tierarzt, von Urlaubsvertretung bis Impfen.

Wir begannen, die Nachbarn auszufragen. Kannte jemand die Katze, gehörte sie jemandem? Wurde sie vielleicht vermisst? Doch alle kannten sie nur als Streunerin, manche hatten sie eine Zeit lang gefüttert, aber bei keinem ist sie länger geblieben. Kaum hatten wir uns an ihr unstetes Kommen und Gehen gewöhnt, zog sie ganz bei uns ein. Ehe wir uns anders entscheiden konnten, schlief sie auch nachts in ihrer Sofaecke. Maunzte zweimal pro Tag nach Futter, stand in der Küche und ging erst, wenn man sie fütterte. Bald suchte sie sich die Fußenden der Betten unserer Mädchen als Schlafplatz aus und hatte uns alle quasi adoptiert. Wir tauften sie Nougat, wegen des nougatfarbenen Fells an ihrem Bauch. Und die Entscheidung, ob ‚Katze Ja oder Nein', hatte sie für uns getroffen.

Beaglewelpen und ein Nabelbruch

Eine Katze hatten wir nun schon. Mehr oder weniger freiwillig. Doch da war auch noch der Wunsch nach einem Hund. Jeder in der Familie, außer mir, wollte gerne einen. Klingt nach Klischee: ‚Mama will keinen Hund, sie sieht all die Arbeit, die Verantwortung und so weiter.'

Aber nein, das war es gar nicht. Ich wollte schon gern einen Hund, aber ich hatte Bedenken. Einen zum Herumstreunen, Schmusen, Liebhaben, einen, der mir auf Schritt und Tritt folgte, daß konnte ich mir vorstellen. Einen, mit dem ich die neuen Gummistiefel einweihen könnte oder mit dem ich diesen herrlichen Schlapphut tragen würde, ohne mich erklären zu müssen. Die entspannte und einfach nur praktische Kleidung von Menschen mit Hund käme mir auch sehr zupass.

Oft dachte ich an Golo. Er war der Hund meiner Jugend. Meine Familie hatte einen Collie-Mischling aufgenommen, als ich ungefähr dreizehn Jahre alt gewesen war. Er war groß und goldbraun mit langem, manchmal filzigem Haar. Er war schnell, verfressen und intelligent.

Nur war er nie mein Hund geworden. Er schaute mich immer mit diesem mitleidigen und abschätzenden Blick an, der mir klarmachte, dass ich nur eine geduldete Angestellte war, die ihm Futter und Wasser gab, die Tür aufsperrte und ihn, wenn er es zuließ, ab und an zum Spielen mit auf die große Wiese im Park mitnahm. Sein Verhalten mir gegenüber war fast herablassend. Er war der Boss in unserer Beziehung.

Ganz anders bei meinem Bruder. In seiner kindlich unbekümmerten Art konnte er Golo beim Schmusen fast strangulieren oder seinen Kopf tief in seinem Bauchfell vergraben. Golo nahm es nicht einmal übel, wenn er vergaß, ihn zu füttern. Und dennoch vergötterte dieser Hund meinen kleinen Bruder. Er folgte ihm auf Schritt und Tritt und liebte das Leben an der Seite eines Freigeistes, eines kleinen Menschen, der wenige Forderungen an ihn stellte. Mein Bruder forderte weder von ihm, Sitz zu machen noch zu ruhig zu sein, weder nach einem Ball zu laufen noch bei Fuß zu gehen. Bei ihm konnte Golo einfach nur ein Hund sein. Sein Hund.

Wahrscheinlich hatte ich Angst, mit einem Familienhund wäre es wieder so wie mit Golo, und ich wäre wieder nur für das Füttern und Gassigehen zuständig, während die anderen schmusen dürften und angeschmachtet würden. Auch deshalb ging ich auf all die Gespräche und Träume nicht mit ein.

Und dann war da natürlich noch die Erfahrung der anderen Familien mit Hund. Man kannte das ja, hörte es ständig im Bekanntenkreis. Am Anfang sind alle ganz verrückt nach dem süßen Tierchen, aber wenn es dann um Gassigehen im Regen und regelmäßiges Training und Füttern geht, hatten meist die Eltern die ganze Arbeit.

Und ich war oft unterwegs. Ein regelmäßiges Frühstück mit der Familie und abends immer zur selben Zeit Nachhausekommen, das gab es bei mir nicht. Dafür war ich manchmal ganze Tage daheim, arbeitete im Home-Office. Unsere Töchter waren sehr verantwortungsvolle Mädchen. Aber konnte ich die Verantwortung für den Hund wirklich ab und an komplett an sie abgeben? Immerhin kann sich Hund, im Gegensatz zum Rest unserer Familie, die Kühlschranktüre nicht selbst öffnen - geschweige denn die Verandatür.

Und dann dachte ich mit Wehmut daran, wie ich als Teenager Lebewohl zu Golo sagen musste. Meine Eltern ließen sich damals scheiden und der Hund war leider ein echtes Scheidungskind. Nein, er ging nicht mit meinem Vater. Wir gaben ihn weg, da meine Mutter mit uns in eine andere Stadt zog und wir keinen Garten mehr hatten, in dem der Hund bleiben konnte.

Und so sahen mein Bruder und ich dabei zu, wie Golo an einen Schafzüchter abgegeben wurde. Wahrscheinlich hatte er dort noch ein tolles Leben. Er konnte nun tun, wofür Hütehunde gezüchtet werden, was ihnen in den Genen liegt. Schafe hüten eben. Aber für uns war die Trennung von Hund und Katze ein weiterer herber Verlust in einer emotional sehr instabilen Zeit.

Dieses Gefühl von Leere, von Ohnmacht, Wut, Verlust, das wollte ich für meine Kinder nicht. Bedeutet das aber im Umkehrschluss nicht, dass man auf einen eigenen Hund verzichtet, nur weil man seine Zukunft nicht genau voraussagen kann?

Und dann gab es natürlich auch bei mir die egoistische Seite, die sich Gedanken darüber machte, ob ich nun, da die Mädchen aus dem Gröbsten raus waren, wieder die volle Verantwortung für einen Welpen -quasi ein Baby- auf mich nehmen wollte. Und dann noch für ein Baby, das zwar schneller ,trocken' -also stubenrein- würde, dessen Kötel ich aber trotzdem für die kommenden voraussichtlich 16 Jahre im Garten aufklauben durfte. Ein Baby, das sich, anders als heranwachsende Kinder, eben nie mal schnell ein Mittagessen warm machen oder bestenfalls irgendwann auch eins kochen können würde. Ein Baby, das abends nochmal raus musste und langes Feiern, Ausgehen nach dem Theater oder Ausschlafen höchstwahrscheinlich auch nicht erlaubte. Wäsche waschen müsste man zwar nicht täglich für ein Hundebaby, aber gut riechende Kuscheldecken und Hundekörbchen sind nicht nur dem Hund zuträglich.

Ganz zu schweigen von der finanziellen Verantwortung, die man auf sich nimmt. Über diesen Aspekt redet irgendwie keiner. In guten Ratgebern wird darüber gesprochen, aber draußen auf der Hundewiese, beim Gassigehen, ist das nie ein Thema. Und doch sollte man nicht verschweigen, dass ein Hund nicht wie früher von dem lebt, was beim Menschen so abfällt. Nein. Gutes und damit auch gesünderes Hundefutter hat seinen Preis. Jährliche Ausgaben für den Tierarzt, wenn auch nur zum Check-up, Impfungen, Zahnreinigung, Zeckenhalsband, Leckerli und Zusatzkosten in Hotels sind ebenfalls nicht zu unterschätzen. Wenn der Hund dann älter wird, einen Unfall hat oder anderweitig krank wird, können solche Tierarztrechnungen schon mal schnell an die Stelle eines Familienurlaubes treten. Es wird also richtig teuer. Ich bin keine grundsätzliche Bedenkenträgerin. Aber manchmal ist es sinnvoll, wenn man alle Pros und Contras auflistet und nicht nur auf sein Bauchgefühl hört.

All diese Gedanken haben mich umgetrieben. Wir Eltern haben sie lange diskutiert, und deshalb gehören sie hierher. Denn es ist nicht alles nur rosig und wie in den Videos mit den süßen Hundebabys. Wir wollten verantwortungsbewusst mit diesem Thema umgehen. Unserer Familie und dem Hund zuliebe. Wenn man sich Mühe gibt, findet man immer genügend Argumente, um einen bestimmten Schritt nicht zu gehen, eine Entscheidung nicht zu treffen. Ich konnte und wollte nicht gegen mein Bauchgefühl angehen. All meine Bedenken wurden kleiner und kleiner, je länger wir uns damit beschäftigten. Einige Wochen, nachdem Nougat bei uns eingezogen war, waren wir uns schon sehr sicher. Und das zog die nächste Frage nach sich:

,Welcher Hund soll es werden?' Schäferhund, Boxer oder eine Dogge waren für mich ein absolutes Nein. Warum? Ich hatte Angst. Angst vor deren schierer Größe. Wenn eine Dogge hochspringt und dir zutraulich ihre Vorderläufe auf die Schulter legt und dann ihr gewaltiger Schädel mit einem Maul aus endlos aneinandergereihten riesigen Zähnen vor deiner Nase auftaucht, dann wollte man nur noch flüchten.

Als ich ein junges Mädchen war, hatten wir Bekannte mit einer solchen Dogge gehabt. Sie hatte den gleichen Namen wie ich, war aber schneller, langbeiniger und besser dressiert. Sie hörte auf jedes Kommando - falls Herrchen denn ein Kommando aussprach. Kam kein Kommando und das war meistens der Fall, dann legte sie ihre Vorderbeine auf meine Schultern und bleckte mich an. Sie hielt dies für eine freundschaftliche Geste, aber ich war eindeutig nicht begeistert und vermied es, zu diesen Besuchen beim Freund meines Vaters mitzufahren. Denn auch mein Vater hatte seine Freude an diesem Schauspiel und pfiff die Dogge nie zurück.

Kurzhaarig sollte der Hund möglichst auch sein. Mit den hüftlangen Haaren meiner Töchter hatte ich mehr als genug zu tun und wollte auf keinen Fall einen weiteren Friseurtermin in unseren Terminkalender einbauen müssen. Auch ein Tier mit pflegeintensivem Unterfell, von dem ich von anderen gehört hatte, wollte ich nicht im Haus haben. Etwas bürsten sollte reichen. Denn wer würde schlussendlich den Staubsauger schwingen? Und lange Hundehaare als Marder-Abschreckmaterial konnte ich mir vom Nachbarn holen.

Ich schien die Einzige mit solchen Bedenken zu sein. Alle anderen

Familienmitglieder waren einfach nur froh, dass ich überhaupt zustimmte, einen Hund zu haben und ich darüber nachdachte.

Nachdem wir verkündet hatten: „Okay, ja. Wir werden einen Hund haben.", lauschte man all meinen Ausführungen lediglich mit einem seligen Glitzern in den Augen. Wir begannen, zu recherchieren. Lasen und googelten, bemühten YouTube, kauften Bücher, quatschten Leute auf das Thema an, und ich erstellte eine Liste. Wir bereiteten uns vor. Um für alle Eventualitäten gerüstet zu sein. Nichts sollte dem Zufall überlassen werden.

Doch dann war alles ganz plötzlich sehr einfach. Ich sah ein Bild von dieser ganz speziellen Hunderasse und war ihm verfallen. Ich war mir plötzlich sicher.

'Es soll ein Beagle werden.' Dreifarbig würde mir am besten gefallen. So knuffig, so außergewöhnlich in der Farbgebung, so drahtig, aber muskulös, so agil, aber verschmust, klein genug, um auf die Rücksitzbank des Autos zwischen die Mädchen zu passen. Groß genug, um mit uns auf langen Spaziergängen die Gegend unsicher zu machen. All das sprach für einen Beagle. Und er würde uns auch herausfordern, das lag uns sehr. Dass Beagle stur und verfressen sind, viel Disziplin brauchen, das haben wir unterschätzt. Ich fand damals, wir waren bestens vorbereitet:

Wir vier Zweibeiner waren alle gern in der Natur. Lange Spaziergänge, Joggen und Radfahren waren unsere Passion. Das würde passen. Alle vier wollten wir Verantwortung übernehmen. Die erwachsenen Zweibeiner arbeiteten teilweise freiberuflich, der Vierbeiner wäre nur manchmal allein im Haus. Die Mädchen schworen hoch und heilig, dass sie ihn ausführen, baden, füttern und mit ihm schmusen würden. Zu diesem Zeitpunkt glaubte ich bereits allen alles! Urlaubs-Backup gab es auch. Oma und Opa wollten übernehmen. Und da gab es noch die netten Nachbarn, die auch einspringen konnten. Der Garten war eingezäunt, kein noch so gewiefter Beagle konnte hier entkommen. Dachten wir.

Nun ging es an die Namenssuche. Was fiel uns nicht alles ein! Am Ende einigten wir uns auf Ridley. Der Charmante, der Elegante, der Schnüffler. Ridley konnte kommen.

Doch so einfach war das nicht. Ich durchforstete das Internet, kontaktierte den Verband der Beaglezüchter, schaute in einschlägigen Hundezeitschriften nach den Inseraten, fragte auf der Straße bei Unbekannten mit Beagle am Leinenende nach. Doch es schien fast so, als wollte ich auf die Käuferliste einer berühmten französischen Handtaschenmarke. Und das ohne Beziehungen!

Keiner der Züchter, die ich kontaktierte, erwartete in naher Zukunft Beaglebabys. Oder hatte noch Platz auf der Liste potenzieller Interessenten. Alle Beaglebabys waren vergeben. Und dann geriet ich auch noch an diese unseriöse Frau, die mir den Welpen auf einem Rastplatz in der Nähe der polnischen Grenze übergeben wollte. Gegen Cash versteht sich, in der Abenddämmerung - und die Kinder, die dürfe ich auf keinen Fall mitbringen. Eine Odyssee.

Endlich wurde meine Geduld belohnt. Eine Züchterfamilie antwortete auf meine Nachfrage. Liebevoll sprachen sie von Amie, der schwangeren Hundemama und vom Vater der zu erwartenden Beaglebabys, der ein prämierter holländischer Prachtkerl sei. Man berichtete mir, dass die Familie früher Schäferhunde (!) gezüchtet habe und nun aufgrund der Epilepsie der Tochter einen Hund gewählt habe, der auch als Begleithund tauglich sei. Und inzwischen weiß ich es selbst - der Beagle ist solch ein Hund. Es war ein angenehmes Gespräch. Ich nahm die Hingabe der Züchterin zu den Tieren wahr und die liebevolle Art, mit der sie mich (fast) unbemerkt auf den Prüfstand stellte.

Sie erzählte unbekümmert vom Alltag mit Hund und wob in ihre Schilderungen Fragen mit ein, aus deren Antworten sie sich wohl ein Bild machen konnte, ob unsere Familie für ein Leben mit Hund fit war. Das dezente Verhör gab mir ein gutes Gefühl, denn es zeigte mir, dass es sich um einen verantwortungsbewussten Menschen handelte. Und nach meiner Erfahrung der komischen Art mit der ominösen Autobahnparkplatz-Frau war dies für mich ein untrügliches Zeichen, dass ich es hier mit seriösen Züchtern zu tun hatte. Ich wurde also auf Herz und Nieren geprüft. In vier Wochen wurden die Hundewelpen erwartet und wir durften dann vorbeikommen.

Man wollte uns also kennenlernen. Wir freuten uns darauf. Ich hatte ein gutes Gefühl.

Vier Wochen später. Wir packten unser Auto für einen Wochenendausflug mit Abstecher zur Züchterfamilie. Und wie es aussah, wollten an diesem Samstag viele Familien in die Ferne. So zogen wir inmitten der Blechlawine auf der A9 Richtung Norden. Es war eine aufregende Fahrt, fröhlich plapperten alle durcheinander. Wir waren wirklich sehr gespannt.

Als wir den Wagen auf dem Hof der Züchterfamilie abgestellt hatten, kam uns ein Schäferhund entgegen. Groß, schön gebaut und respekteinflößend, also nichts für mich. Ich hab's nicht so mit großen Hunden, wie Sie wissen. Und mein Zögern wurde registriert. Nicht nur vom Hund, auch vom Züchter, der den Schäferhund sogleich zurückpfiff. Ich also tief durchgeatmet, all meine Courage zusammen gesammelt und ausgestiegen. Ich konnte mich ja hier nicht als ‚Hundeangsthase' präsentieren.

Man führte uns in die Welpen-Kinderstube. Was für ein Anblick. Alle sechs Hundebabys waren dreifarbig. Schwarz-braun-weiß. Ihre Köpfe schienen so groß wie ihre Körper. Die Pfötchen rosa und gewaltig im Vergleich zur Beinlänge. Sie kuschelten sich alle aneinander und die Züchterin zog zielsicher einen heraus. Ein Rüde. Die weichen Ohren riesig und der Kopf runzelig und voller Falten. Sein Fell samtweich. Wunderschön. Sofort fing er an zu fiepen und wollte zurück in seine Meute. Die Züchterin zeigte uns seinen Bauch. Der Nabel stand hervor: ein Nabelbruch, behandelt und ohne Komplikationen. Aber die Züchter, die ihn eigentlich ‚reserviert' hatten, wollten ihn deshalb nicht, obwohl er sowohl einen prämierten Vater als auch eine hochdekorierte Mutter hatte. Was für ein Glück für uns. Ausgiebig sprachen wir über die ersten Wochen, was zu beachten sei, und wurden dabei unauffällig wieder ein wenig geprüft. Ganz beseelt von dem kleinen Hundewinzling fuhren wir wieder nach Hause. Wir waren infiziert. Mit dem Beaglevirus.

Nun hatten wir rund sechs Wochen Zeit für die Vorbereitungen. „Lasst uns in die Zoohandlung fahren. Wir brauchen Futter!" Das war noch einfach. Die Züchterfamilie hatte uns dafür genaue Instruktionen gegeben. Toll. Ein Diskussionspunkt weniger.

Andere Dinge waren schwieriger. Er brauchte ein Bett. Wenn ich damals gewusst hätte, dass der Süße später auf jeder Etage unseres Hauses ein Bett haben würde und außerdem regelmäßig im Menschenbett schlief, ich hätte gelacht und den Gedanken als absurd verworfen. Wie sollte so ein Bett aussehen? Plüschig, oder eine mit einer Decke ausgelegte Plastikschale? Geflochtener Weidenkorb? Welch eine Auswahl. Waschbar, mit abnehmbaren Bezügen, war die Entscheidung. Grau oder doch lieber braun? Nein, rot, meinten die Kinder. „Aber in Rot zu schlafen, macht einen doch ganz wirr, oder? Kennt einer die Farbbedeutungen?" – „Nein. Also dann braun, oder doch lieber das Graue? Da sieht man die Haare weniger?" Die Verkäuferin mit dem wippenden Pferdeschwanz schaute schon verstohlen zu uns rüber und verschwand dann zielstrebig in die andere Richtung. Hätte ich an ihrer Stelle auch so gemacht. Es dauerte noch eine ganze Weile, in der wir die genaue Größe analysierten, und dann entschieden wir uns für ein kariertes Bett mit einem hohen Rücken, damit er sich ankuscheln konnte. Unser Beaglemann sollte sich dann auch sein ganzes Leben lang am wohlsten in Betten mit einem hohen stabilen Rücken fühlen.

Schwarze Leine oder braun? Rot? Nein, das hatten wir doch schon. Oder doch lieber ein Geschirr, damit es am Hals nicht so ziepte? Und welcher Verschluss war von Kinderhänden und arthrosegeplagten Opahänden gleichermaßen einfach zu bedienen? Sicher sollte er auch sein. „Also, jetzt brauchen wir Beratung!" Die kam in Gestalt eines jungen Mannes in rotkarierten Hosen und mit jeder Menge Hundeverstand. Halsband? Check! Zeckenzange? Check! Schmutzmatten für Flur und Wohnzimmer (die Balkontüre sollte sein Haupteingang im Haus werden)? Check! Sein Hundeverstand war ein Segen für uns, er führte uns durch diesen Dschungel von Anti-Bark-Sprüh-Trainern, Pfotenreinigern, Haustierhalstüchern und Kotbeutelspendern. Ich habe meine Zeit als Hundemensch übrigens nicht damit zugebracht, den Kotbeutelspender wieder aufzufüllen und mit dem dazu passenden Klipp (farblich abgestimmt) an meiner Leine zu befestigen. Kotbeutel gibt es in unserem Dorf an drei Stellen und jede Woche marschiert man sicher an mindestens einer davon vorbei und erweitert seinen Vorrat.

Kotbeutel hatte ich einfach immer und überall dabei. In jeder Jackentasche, jedem Rucksack, jeder Hosen- und Anzugtasche. Immer und überall griffbereit. Neben dem Aufsammeln von Hundekot waren die Dinger außerdem überaus hilfreich beim Sammeln von allerlei. Brombeeren fürs Frühstück im Sommer, Himbeeren am Wegesrand im Wald, Kastanien im Herbst und Bärlauch für frisches Pesto. Immer hatte man etwas dabei, um die Jagd- und Sammeltrophäen mit nach Hause zu nehmen.

Die Auswahl von Futternapf und Wasserschüssel wurden noch mal nervenzehrend. Und da wir uns nicht zwischen Snoopy-Design, aufgemalten Hundenasen am Boden der Fressschüssel und einem eigenartigen, höhenverstellbaren Gestell entscheiden konnten, wurde es ein super einfallsloser Edelstahlnapf mit Gummierung am äußeren unteren Rand für das Wasser und einer ohne Gummierung für das Futter. Später lernte ich, dass auch beim Futternapf eine Gummierung besser gewesen wäre. Aber das gehört in die Kategorie ‚Lernkurve'.

Dann wurde es witzig. Vor die Wahl gestellt zwischen Ochsenziemern (getrocknetem Ochsenpenis), Kauknochen verschiedener Größe und Geschmacksmarke, Kaninchenohren und Leckerlis in Form kleiner Mäuse oder Erbsen, Herzchen oder Knöchelchen zu entscheiden, verloren wir vollends die Übersicht. Und da gab es ja auch noch das ganze Spielzeug. Plüschenten, Riesentennisbälle oder Geschicklichkeitsspiele für den gelangweilten Hund. „Wer denkt sich all diese Sachen aus", fragte ich mich damals. Nicht wissend, dass ich Jahre später beim Futterkauf durchaus inspiriert sein würde, dem ‚Hundchen' doch was zum Spielen mitzubringen. So wie bei den Kindern früher im Spielzeuggeschäft! Beim Transportkäfig ging es dann schnell: Den gab es nicht in Rot.

Aber brauchte Hund nicht auch eine Hundehütte? Für draußen? Quasi als Balkon? So, wie wir unsere überdachte Terrasse mit Hängematte hatten? Hatte der Hund von Pippi Langstrumpf nicht auch in ebensolcher Hütte im Garten gesessen, oder Lassie? Ich kann es kurz machen. Wir haben uns wirklich eingebildet, unser Hund würde wie auf Werbepostern in seiner Hundehütte liegen und den Garten genießen. Ich habe ewig im Netz nach etwas

Adäquatem gesucht. Etwas hermachen sollte es ja auch noch! Ich wurde fündig, habe die Hütte stundenlang aufgebaut. Er war nie drin.

Manch einer fragt sich wahrscheinlich, warum es ein Hund vom Züchter sein musste. Warum nicht einer aus dem Tierheim? Gerettet aus einem Labor? Darüber haben wir natürlich auch nachgedacht, obwohl ich zugebe, dass uns das Ausmaß bedürftiger Hunde im Jahr 2001 nicht bewusst war. Wir hatten uns einfach nicht viel mit dem Thema Adoption beschäftigt. Denn in den vorherigen Mietwohnungen war ein Hund nie auch nur ansatzweise ein Thema.

Wir wollten keinen Hund, der eine fadenscheinige Herkunft hatte, also möglicherweise aus illegalem Welpenhandel stammte. Wir wollten sichergehen, dass es Mutter und Babyhund gutging, sie geimpft waren und gut behandelt wurden. Das war unser wichtigstes Anliegen. Rückblickend können wir uns ein Leben mit einem anderen Hund als Arko vom Orlagrund nicht vorstellen. Auch wenn es in puncto Tierschutz durchaus ein Hund aus einer Auffangstation hätte sein können. Gebe ich gerne zu. Ob wir in der Lage gewesen wären, einem Hund, der schon Schlechtes erlebt und der Verhaltensauffälligkeiten hat, alles zu geben, was er brauchte? Ich weiß es nicht. Dennoch: Wahrscheinlich wissen viele nicht, worauf sie sich einlassen und lernen einfach jeden Tag dazu. Zum Wohle des Hundes. Chapeau. Ich bewundere das.

Einige Wochen später. Es war ein ausgelassener, aber auch irgendwie angespannter Nachmittag, als wir uns alle gemeinsam wieder auf die lange Fahrt nach Thüringen machten, um ‚unseren‘ Hund abzuholen. Der Tag war kalt und regnerisch. Die Wolken hingen tief und versprachen den ersten Schnee. Wir fühlten uns bestens vorbereitet. Wir sahen die hellwachen strahlenden Augenpaare unserer Töchter im Rückspiegel, und eine hibbelige Anspannung und Vorfreude lag in der Luft.

Noch hatte ich Zeit, wieder und wieder über alles nachzudenken. Hatten wir uns das auch richtig überlegt, reiflich abgewogen und alles genauestens bedacht? Wollte ich wirklich bei Wind und Wetter in die Kälte hinaus? Konnte ich Hundehaare ÜBERALL ertragen? Würde mir ein bettelnder

Hund am Esstisch nicht auf die Nerven gehen? Konnte ich beim Hund besser durchgreifen als in der eher liebevoll relaxten Erziehung meiner Töchter? Wie konnte ich dem Hund Leckerlis verweigern, wenn ich selber die Hand nicht aus der Naschschublade zu halten vermochte? Mir gingen tausend Fragen durch den Kopf.

Aber: Ich war mir sicher, dass diese Entscheidung, die ich in Übereinstimmung mit meinem Bauchgefühl getroffen hatte, die Richtige war. Ich bin kein sehr spontaner Mensch, aber die besten Entscheidungen meines Lebens waren wirklich immer die aus dem Bauch heraus. Hier konnte man nun wirklich sagen, ich hatte lange darüber nachgedacht, auf meinen laut rufenden Bauch gehört und wollte uns diese Chance geben, einen treuen Begleiter für uns zu finden. Und ich sollte es nie bereuen.

Versorgt mit allerlei Instruktionen und der Bitte der Züchter, sie über Arkos Wohlergehen auf dem Laufenden zu halten, fuhren wir einige Stunden später heim. Die Kinder auf der Rückbank und der Hund auf dem Schoß der Mädchen. Wir hatten uns gegen die Box im Kofferraum entschieden, weil er irgendwie nicht so aussah, als wolle er jetzt allein sein. Und trotzdem fiepte er die ganze Fahrt, es tat uns im Herzen weh. Wahrscheinlich vermisste er seine Mama, mutmaßten die Mädchen. Oder seine Schwester, die als einzige des Wurfes bei den Züchtern verblieben war. An einer Raststätte hielten wir an und ließen ihn das erste Mal an seiner Leine durchs Gras schnüffeln. Es herrschte genau das Wetter, bei dem ‚man nicht mal den Hund vor die Tür jagt'. Also die richtige Probe für unseren Start ins Leben mit Hund. Die kleine knuffige Nase versank unbeirrt im Gras, schnüffelte am Boden entlang und nahm all die fremden Gerüche wohlig auf. Er schnoberte hier hin und da, markierte, und seine noch kurzen Beinchen versanken im hohen Gras. Er war ganz in seinem Element, Fährte aufnehmen, dranbleiben. Als wir ihn dann zurück auf den Schoß meiner Tochter legten, beruhigte er sich schnell und fiel in einen tiefen Schlaf. Seine Pfötchen strampelten in der Luft, er zuckte und rollte sich auf den Rücken. Streckte alle Beinchen hoch in die Luft. Wir waren schockverliebt.

Warum auch immer, aber nach dieser Fahrt war uns allen klar: Er war kein Ridley. Nicht charmant im französischen Sinn, nicht elegant im ,Ich mach mich nie schmutzig'-Sinn. Er war ein ,Arko'. So, wie es in seiner Geburtsurkunde stand. Arko vom Orlagrund. Bestimmt, prägnant, mit breiter Brust und festem Knochenbau, ein VON. Wind und Wetter konnten ihm nichts anhaben, er war sozusagen wetterfest. Wir nannten ihn also Arko. Arkomann. Bubu, Puppy, Pups (aus einem ganz bestimmten sehr geruchsintensiven Grund) oder Babyboy. Bis zuletzt war er unser Babyboy.

Er zog bei uns ein und sah sich seine neue Welt ausgiebig an. Verdutzt tapste er ins Haus und unternahm eine lange Tour durch den Garten.

Sofort packte er uns wieder, Arko-Virus. Wir waren hingerissen, wenn er trank, staunten, wenn er aß, rannten mit dem Ball und ihm um die Wette, wann immer ER wollte. Jede Drehung, jedes kräftige Bellen entlockten uns verzückte Ausrufe.

Meine Frau schlief in den ersten zwei Wochen auf der Couch, um ihn beim kleinsten Anzeichen von Unruhe in der Nacht in den Garten zu bringen. Im Wohnzimmer und Flur legten wir ,Hundeklos' aus: Zeitungspapier, auf dem er sich lösen konnte, wenn wir unaufmerksam oder nicht zu Hause waren. Die Menge der Zeitungen verringerten wir in gleichmäßigen Abständen, und in Kombination mit ständigem In-den Garten- und Gassigehen schaffte Arko das Stubenrein-Werden ziemlich schnell.

Ständig gab es am Anfang Streit darüber, wer seine Leine führen durfte. Denn die Ausflüge waren überschaubar, fünf Minuten hier, zehn Minuten da. Schnell ermüdeten die kleinen Beinchen, und wir trugen Arko heim. Aber er fraß wie ein Beagle, alles und immer, wenn man ihn ließ, und entwickelte sich prächtig. Schnell wurden die Gassirunden richtige kleine Spaziergänge, bei denen wir nun das zu spüren bekamen, was alle Hundemenschen kennen. Man wurde zu einer Art öffentlicher Person. Denn mit einem Welpen am anderen Ende der Leine bist du nicht mehr inkognito unterwegs, nicht mal mit tief ins Gesicht gezogenem Schlapphut.

Mit einem Welpen besonders, aber eigentlich ein Hundeleben lang, hat ein jeder einen Kommentar für einen Hundemenschen parat. Jeder möchte ratschen. Man wird ständig angesprochen. Am Anfang ist es noch der Ausruf:

„Mein Gott, ist der süß! Darf ich den streicheln? Wie alt ist er denn und wie heißt er?"

Später dann muss man gewappnet sein für (mehr oder weniger gutgemeinte) Ratschläge:

„Passen Sie bloß auf, da hinten liegt Fallobst am Zaun. Sicher verträgt Ihr Hund das nicht." Oder: „Denken Sie an den Leinenzwang am Hang, da brüten die Vögel!". Als ob ich das nicht selbst wüsste! Am meisten gefallen mir jedoch die folgenden Kommentare:

„Ohne Leine sind Sie unterwegs? Sind Sie sicher, dass Sie den im Griff haben? Den muss man aber gut erziehen, sonst jagt der doch den Hasen hinterher."

„Machen Sie auch seine Hinterlassenschaften weg? Ich hab immer Haufen vor meiner Gartentüre …!" Ich finde das auch schlimm und respektlos, wenn ich Haufen vor meiner Gartentüre finde, und ich hab schlimme Fantasien dazu, was ich dem jeweiligen Zweibeiner an den Kopf werfen würde, träfe ich ihn. Aber einen Generalverdacht auszusprechen, käme mir nicht in den Sinn.

Ganz toll sind die Radfahrer, die in ihren farblich aufs Rad abgestimmten Outfits eine bestimmte Kilometeranzahl auf den Tacho kriegen müssen, um im Freundeskreis die richtige Anerkennung zu bekommen. Sie kennen keine Gnade. Bremsen ist für sie wie eine Niederlage. Sie fegen über unsere Gehsteige und an Menschen, Kinderwagen und eben auch Hunden vorbei, als seien wir nur die Statisten in ihrem sorgsam ausgefeilten Plan von Freiheit und Energieeffizienz. Sie können sogar bei zwanzig km/h wild mit den Armen fuchteln und Wörter ausspeien, die nicht jugendfrei sind. Diese (meistens) Herren mit ihren teuren Rädern und Outfits verlieren völlig die Contenance und schreien herum, wenn sie sich den Fußgänger- und Radweg auch mit einem Hund teilen sollen.

Im Laufe der Zeit wurden unsere Spaziergänge lang und wir kabbelten uns nicht mehr um die Leine. Es zog Alltag ein und die Leine wurde nach Plan gehalten. Dieser Plan hing in der Küche und war für alle bindend. In all der Zeit mit unserem Hund war es immer das Bestreben um Arkos

Wohlergehen, das die Familie einte. Jeder, wirklich jeder von uns übernahm seinen Part.

Unsere Töchter erschienen nun morgens mit diesem Lächeln auf dem Gesicht und einer Erwartung im Blick, die wir zu so früher Stunde vorher nur selten gesehen hatten. Immer hielten sie Ausschau nach ‚ihrem' Arko. „Wo ist er, hat er schon gefressen?", „War er schon draußen?", „Komm her, du Süßer!", „Ach, was bist du niedlich!", „Schau nur, die Schnute!". Auf einmal hatte ihr Kinderleben eine neue, unglaublich zutrauliche, weiche und unbeschreiblich hübsche Bedeutung bekommen. Ich konnte meine Töchter nun morgens ansprechen und sie waren schon da, mit allen ihren Sinnen. Denn sie waren auf der Suche nach ihrem neuen Verbündeten, ihrer neuen knuddeligen Liebe.

So gut wie nie gab es Streit um die Aufgaben, die nun übernommen werden mussten. Da waren Themen wie Müllrausbringen oder Spülmaschineleeren schon heftigere Diskussionspunkte! Irgendwie hat es dieser Beaglemann geschafft, uns als Familie zu stärken und dabei noch das Beste für sich herauszuholen. Chapeau!

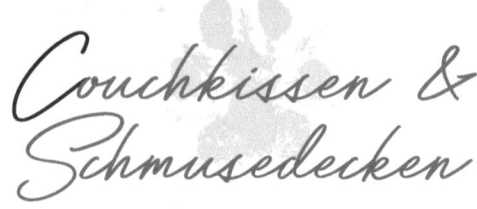

Couchkissen &
Schmusedecken

Jetzt kommt keine dieser, Sie wollten schon immer eine neue Couch, nehmen Sie einen Beagle bei sich auf - der zerlegt Ihr altes Sofa in ‚Nullkommanichts'-Geschichten. So einer war Arko nicht. Er hat nie ein Kissen oder eine Couch zerlegt. Höchstens mal einen Spielball, und ein paar Teenager-Sneaker, da hatte es ihm wahrscheinlich der Geruch angetan! Wir haben ihn und uns stets ‚gut bewegt', so war er fast immer ausgelastet und musste sich nicht an Couchkissen und Co. abarbeiten.

Die Couchecke aber wurde bald zu Arkos Lieblingsplatz. Man stelle sich einen Rüden vor, der monatelang versucht, mit einem Sprung auf die Couch zu kommen, und dann, irgendwann, wenn die Beine endlich lang und kräftig genug sind, schafft er es. Er war selbst erstaunt, drehte sich zweimal um die eigene Achse, ließ sich dann fallen und gab diesen Platz nicht mehr auf. Man fand ihn dort nach seinem Spaziergang am Morgen und am Abend. Von hier aus konnte er die Tagesschau am besten verfolgen. Und er war mittendrin in der Familie. Beim Fernsehen, beim Spielen, beim Quatschen, mittendrin eben ‚bei seiner Meute'. Obwohl wir eigentlich eher ein Rudel waren, denn immerhin gab meistens einer ganz klar den Ton bei uns an. Aber für den Beagle spielt sich das Leben eher in der Meute ab. Ohne klaren Anführer, anarchisch, eine spontan gebildete Gruppe mit wechselnden Anführern. Dennoch behaupteten unsere Freunde beharrlich, dass Arko der Chef sei. Die Schnauze jedenfalls hatte er meist auf einem Kissen, den Körper auf einer Decke und schaute mit seinen perfekten braunen Augen in Richtung Fernseher. So als ob er verstünde, was da vor sich ging. Irgendwann, spätestens beim Wetter, rollte er sich ein und schlief. Wer ist schon am Wetter interessiert?! Das ist so was von unwichtig. Raus geht es eh immer, egal ob bei Regen, Matsch oder Sonnenschein.

Wollte man in die Couchecke - denn sie war mit einer Ottomane für uns Langbeiner eigentlich ideal - musste man in eine längere Verhandlung mit unserem kleinen Dickschädel eintreten. Gab man dem Bemühen auf Vorherrschaft in der Ecke Ausdruck, dann schaute unser Hund auf, stellte seine Schlappohren in Richtung ‚Achtung, hier ist was los!', reckte seinen Kopf keck und stemmte für eine erste Verteidigungsrunde die Vorderbeine hartnäckig in seine Decke. Er machte sich schwer. Versuchte man, ihn anzuheben, ließ er sich auf die Seite kippen und wurde noch schwerer. Meistens half nichts außer resolutem ‚Rüberschieben'. Also Arko mitsamt der Decke auf die andere Seite des Sofas ziehen. Dabei schnaubte er mehrere Male, fügte sich aber. Hatte man am Abend allerdings Lust auf ein Bier, musste das Telefon holen, die Waschmaschine abstellen oder sich auf die Suche nach Chips begeben, hatte man den Platz wieder verloren und das Theater begann von vorn.

Leichter wurde das Ganze an den Abenden, an denen ich die Kissen oder Decken frisch gewaschen hatte. Dann brauchte man unserem Dreckspatzen nur ein frisch gewaschenes Kissen hindrapieren und schwupps, ließ er seine noch nicht gewaschene Decke links liegen und platzierte sich auf frühlingsfrisch duftenden Kissen. Immer wieder konnten wir in den folgenden Jahren beobachten, wie Arko sogar seine Decke gegen die frischen Kissen austauschte, indem er sie von der Couch stupste und das frische Kissen mit den Vorderbeinen in seine Ecke bugsierte. Er war eben nicht nur ein Gourmet, sondern auch noch ein Frische-Wäsche-Liebhaber.

Leider hab ich nie die Fähigkeiten einer Superhausfrau entwickelt und war demzufolge nicht in der Lage, meinem Hund jeden Abend ein frisches Kissen zu präsentieren. Hätte ihm aber sicherlich gefallen.

Geteilt hat er seinen Platz auf den frischen Kissen nur mit einem. Mit Dickie, unserem Kater. Auf Dickie ließ er nichts kommen. Ihn akzeptierte er auf allen seinen Schlafplätzen.

Nur beim Fressen hörte die Toleranz auf. Das Hundefutter war nicht problematisch, der Kater mochte es nicht. Aber unser Hund liebte Katzenfutter, so wie viele Hunde. Also mussten wir die beiden immer getrennt voneinander füttern. Am besten zur selben Zeit. Ich stellte das Katzenfutter meist in den Geräteschuppen, da der Kater dort durch einen großen Bodenspalt hineinkam, an dem sich Arko vergeblich abmühte. Es war schon amüsant, wenn der große Hund seine Schnauze durch den kleinen Spalt schob und aufgeregt schnüffelte, ohne hindurch zu kommen. Noch witziger wurde es, wenn der Kater nach dem Fressen ganz gelenkig und elegant neben dem Hundekörper durch den Türspalt kroch und an Arko vorbei stolzierte, als wüsste er nicht, warum der so komische Verrenkungen machte.

Dicker Bauch und Katzenbabys

Als Nougat, die Streunerkatze, bei uns ganz einzog, war ziemlich schnell klar, dass sie ein Zuhause für die kleinen Katzenbabys in ihrem Bauch suchte. Wir hatten eine schwangere Katze adoptiert!

KATZE MAL VIER

Man mag es kaum glauben. Aber wirklich viel Zeit zum Nachdenken hatten wir nicht. Eines Abends hörten wir ein babyähnliches Schreien aus unserem Keller. Es war nicht schwer, auszumachen, was dort vor sich ging. Nougat lag in den Wehen.

In Eile polsterten wir eine Kiste mit einem alten Handtuch aus, packten Nougat hinein, und schon ging es los. Tapfer presste sie vier Kätzchen heraus und schrie und maunzte dabei wehklagend. Es war hart, zuzusehen. So gerne wollten wir ihr helfen, aber wie? Sie wand sich in Schmerzen, das war klar erkenntlich und doch hatte man weder eine PDA noch Schmerzmittel und auch keine Empfehlungen zur Atemtechnik parat, um ihr beizustehen. Ganz schön brutal, so eine ‚Katzengeburt‘, dachte ich mir damals. Sofort nach jeder Entbindung leckte sie die Babys ab, putzte und säugte sie.

Die Kätzchen waren ganz unterschiedlich gezeichnet. Von ganz schwarz über schwarz mit weißen Pfötchen bis getigert war alles dabei. Sie waren eine Augenweide, so niedlich anzusehen. Als der Geburtsvorgang abgeschlossen war, nahmen wir die Kiste sorgsam auf und brachten sie in einen Kellerraum, den wir als Gästezimmer nutzten. Dort waren Mutter und Nachwuchs ungestört. Am nächsten Morgen bestaunten wir gemeinsam mit den Kindern dieses kleine Wunder und überlegten hin und her, was wir nun tun wollten.

Es stand schnell fest, dass wir die Katzen nicht behalten konnten, aber wir wollten alles dafür tun, dass sie die Babyzeit mit ihrer Mamakatze verbringen konnten. Süß, wie sie waren, würden wir hier auf dem Land sicher schnell ein gutes Zuhause für sie finden. Aber fürs Erste mussten sie größer werden, sie brauchten ihre Mama. Wir richteten den Raum im Keller als ihr Hauptdomizil ein, hatten aber weder mit der Schärfe von Babykatzenkrallen noch dem akrobatischen Können der Kätzchen gerechnet.

In nur wenigen Tagen waren sie mächtig gewachsen, Nougats Milch hatte Zauberkräfte. Sie bewegten sich nun schon flink, und schnell war klar: Sie waren auf die Welt gekommen, um Unsinn anzustellen. Die Kiste war sehr schnell kein Hindernis mehr für sie. Bald hatten sie raus, dass man sich an den Handtüchern mit denen die Kiste gepolstert war, hochhangeln konnte, die Katzenpfötchen wie Spikes dabei funktionierten. Und welch einen Spaß machte es, den textilen Fußbodenbelag mit diesen messerscharfen Krallen zu bearbeiten! Da konnte man lange Fäden rausziehen und sich darin einwickeln, oder so fest dran zerren, bis eine Schnur entstand, die sich abbeißen und anschließend im Zimmer verteilen ließ. Und siehe da, nicht nur eine solche Schnur ließ sich fertigen. Ein ganzer Knäuel war im Laufe eines Vormittages hergestellt. Außerdem machten es einem die Menschen in diesem Haus leicht, weitere Spielplätze zu erobern. Denn sie hatten eine bis auf den Boden hängende Tagesdecke über ihr Gästebett gelegt, an der man hochklettern konnte, um dann in den weichen Kissen herumzutollen, zu raufen oder ein Nickerchen zu machen.

Vergaß einer von uns, die Tür zu schließen, verteilten sich die kleinen Streuner im ganzen Erdgeschoß. Anfangs. Später dann wollten sie auch die Stufen erklimmen. Zum Glück waren die zu rutschig und wir bemerkten die Turnübungen rechtzeitig. Sie bewegten sich nun ungehindert im Flur, unter der Treppe und auch im Büro, welches vier unternehmungslustigen Jungkatzen noch mehr Möglichkeiten zur kreativen Freizeitgestaltung bot. Sammelte man sie wieder ein, fand man wenigstens eine immer unter dem Weinregal versteckt oder müde und verängstigt hinter einer Tür sitzen.

Tragisch wurde es eines Abends, als wir Dickie, den gestreiften Kater, der aussah wie die Katze aus der Whiskas-Werbung, nicht finden konnten.

Nach längerem Suchen hörten wir ein Maunzen, kläglich und verzagt. Wir suchten und fanden ihn in einem Spalt zwischen dem Bücherregal und dem riesigen Monstrum von Kleiderschrank. Noch immer kann ich nicht nachvollziehen, wie er da hinein gepasst hat. Wir waren alle geschockt und malten uns die schrecklichsten Szenarien aus, während wir wild und mit genug Adrenalin im Blut, um eine Mount-Everest-Rettungsaktion zu koordinieren, die Bücher aus dem Regal warfen. Zwei Meter Regal mal fünf Böden à einen Meter breit, da kommt was zusammen. Es dauerte gefühlt zehn Minuten, ehe wir das Regal wegheben konnten, nur um festzustellen, dass unser kleiner Kater keinen Kratzer abbekommen hatte. Er hatte sich in diese Spalte manövriert und einfach keinen Weg hinaus gefunden. Noch am selben Abend schnitt ich ein Brett zurecht, dass sich quer in die Türöffnung stellen ließ. So konnten wir die Rasselbande beobachten und die Kätzchen konnten nicht mehr ausbüxen. Die Nachmittage waren dennoch gefüllt mit Katzenaufsicht, denn wir wollten die Süßen natürlich nicht im Keller aufwachsen lassen. So haben wir sie, so oft eine lückenlose Beobachtung möglich war, mit in den Garten oder in die Zimmer der Mädchen genommen.

Als ich eines Abends Zeugin eines waghalsigen Sprungversuches eines der Kätzchen vom Bett in Richtung Brett wurde, kam die Zeit, über Alternativen nachzudenken. Das Bett war genauso hoch wie das Brett, mit dem ich die Türöffnung verstellt hatte, und nun versuchte man also, vom Bett aus in die Welt zu springen. Ich hatte Angst, dass die Katzen dabei zu Schaden kommen könnten. Also wurde es Zeit, sich zu verabschieden. Drei der vier Fellknäuel konnten wir im Dorf vermitteln.

Nur eine wollten wir nicht loslassen: ‚Dickie‘, der genauso aussieht wie die Whiskas Katze. Er hatte seinen Namen, weil er ein kleines dickes Knäuel und so verdammt süß war. Oder er wie sie? Pfeilschnell schmuste er sich in unsere Herzen und Betten. Es wurde keine lange Diskussion. Er blieb.

FREUNDE FÜRS LEBEN

Als Arko ein paar Monate später bei uns einzog, wurde Dickie sein erster Freund. Wir hatten im Vorfeld darüber gelesen, wie kompliziert es sein kann, Haustiere miteinander bekannt zu machen. Also brachten wir Dickie an dem Abend in den Garten, bevor Arko die Schwelle übertrat. Nachdem sich unser Beaglemann im Haus umgesehen hatte, ließ ihn meine Tochter raus in den Garten. Keiner hatte in dem Moment an Dickie gedacht. Und da war sie, die Begegnung. Unvorhergesehen und ungeplant von uns, aber wahrscheinlich geplant vom Kater, standen sie sich auf einmal gegenüber. Breitbeinig und erhobenen Schwanzes (alle beide) begutachteten sie sich. Für Arko war die gesamte Umgebung neu und dieser kleine getigerte Typ da auch. Aber er ging völlig arglos ganz nah ran und schnupperte. Er kannte das von Zuhause, vom Hof. Da gab es auch Katzen. Meiner Frau und mir stellten sich bei dem Anblick buchstäblich die Haare auf und wir wollten unserem Beschützerinstinkt folgen, ihn schnappen und vor einem Krallenangriff retten.

Aber hier und heute war alles anders als im Hunderatgeber. Der Kater fuhr keine Krallen aus und haute ihm auch nicht auf die Nase. Er stand einfach nur da und schaute Arko an. Als Dickie klar war, dass Arko derzeit keine Bedrohung für ihn darstellte, drehte er sich gelassen herum, stolzierte zurück auf die Wiese, flutschte mit einer gelenkigen Bewegung unter dem Gartentürchen hindurch und war verschwunden. Wir waren sehr zufrieden. Das war schon mal gut gelaufen. Später am Abend kam Dickie zurück, würdigte Arko keines Blickes – den Anschein hatte es wenigstens – rollte sich auf seinem Bett vor dem Ofen zusammen und schlief.

Die beiden sollten sich fortan sehr gut verstehen. Sie waren Buddys. Als Arko zu uns kam, war Dickie schon acht Monate alt und fast so groß wie Arko. Es war eine Freude, zuzusehen, wie der Hund immer wieder versuchte, den Kater zu imitieren. Dickie hatte zwei weitere Lieblingsplätze neben dem auf dem Bauch einer unserer Töchter. Er liebte es, auf einer Decke vor dem

Holzofen oder eingerollt auf einem Stuhl, der mit der Sitzfläche unter den Tisch geschoben war, zu sitzen. Dort fühlte er sich anscheinend sicher und außerdem konnte er von dieser etwas erhöhten Position genau beobachten, wer heimkam, das Gartentor öffnete oder im Garten umherlief. Oft sah ich, dass er auf dem Stuhl nicht schlief, sondern versonnen nach draußen blickte.

Nun ist das wahrscheinlich so ein Katzending mit dem ‚auf dem Stuhl liegen‘, aber unser hündischer Neuzugang wollte seinem Kollegen in nichts nachstehen. Er streunte um die Stuhlbeine des Nachbarstuhles, schubste ihn an, winselte und blickte dabei auf die Sitzfläche. Also hoben wir ihn in den ersten Monaten hinauf, und Arko rollte sich wie sein Freund Dickie ein und schlief. Irgendwann waren seine Beine lang genug und er schaffte es, nicht nur auf die Couch, sondern auch auf den Stuhl zu gelangen. Ohne unsere Hilfe.

Aber als Arko endlich kräftig genug war, um auf den Stuhl zu hüpfen, war er natürlich längst zu groß, um eingerollt darauf zu liegen. Er versuchte es dennoch. Sein Hinterteil hing halb in der Luft, und richtig bequem sah das nicht aus. Irgendwann hat er es dann gelassen. Aber den Stuhl unter dem Tisch rauszuschieben, das hat er dabei gelernt und es sich in den kommenden Jahren oft zunutze gemacht, um auf den Tisch zu kommen. Und sich dort alles zu holen, was essbar schien.

Bei unserem Hundetraining haben beide Tiere mitgemacht, und ich muss sagen, der Kater hatte das Ding mit ‚Sitz‘ und ‚Platz‘ schneller raus als unser Beagle. Trainierten wir mit Arko im Haus, dann kam der schlaue Dickie oft dazu, sprang auf einen Tisch, um näher an den Katzenleckerlis zu sein, und machte ‚Sitz‘ und ‚Platz‘ auf Kommando.

Als Dickie nur zwei Jahre später krank wurde, leckte ihm Arko die Ohren und Pfoten, teilte sein Bett vor dem Ofen mit ihm und wärmte den geschwächten Kater in seinen letzten Stunden. Sie waren wahre Freunde.

Eignungstest ... kann ich das wirklich?

Keine Angst. Hier kommt keine Checkliste. Wer sich für einen Hund und insbesondere für einen Beagle entscheidet, hat sich sicher vorher gut informiert. Und auch die Züchter achten darauf, dass die neuen Familienmitglieder gut in das Umfeld passen. Dennoch lasse ich Sie gerne teilhaben an einigen Anekdoten, die wir so erlebt haben. Vielleicht hilft das bei Ihrer Entscheidungsfindung. Oder für diejenigen unter Ihnen, die einen der sturköpfigen Lieblinge ihren Begleiter nennen dürfen, etwas zum Kopfnicken oder Schmunzeln. Ich war auch nicht auf alles gefasst, was da so in unser Leben marschierte, und rückblickend würde ich vielleicht das eine oder andere anders anpacken. Aber missen möchte ich keine dieser Geschichten.

Der Beagle ist ein Jagdhund. Klein, muskulös, robust und ausdauernd geht er auch auf die Hasenjagd. Dafür wurde er ausgebildet. Und wer das nicht beachtet oder mal kurz nicht dran denkt, wird schlagartig daran erinnert, wenn Hund bellend Spurlaut gibt und stundenlang weg ist. Weg wie: verschwunden. Wie: „Ich muss da mal was nachsehen, bleib du ruhig hier auf dem Waldweg stehen, ich komme dann schon wieder." Das Problem bei der Sache: Der Hundemensch ist keineswegs ruhig oder gar entspannt, versteht nicht, wie Hund jemals seinen Weg wiederfinden soll. Mit seiner guten Nase! Diese kann ein Vielfaches mehr an Gerüchen wahrnehmen kann als die unsere, steckt meist ganz nah am Boden und nimmt damit alle Spuren dessen auf, was da so kreucht und fleucht. In einem Fremdwörterbuch wurde er als ‚kleine Stöbernase' bezeichnet. Und mit dieser Nase findet er dann auch den Weg zurück zu Ihnen! Es kann aber ein wenig dauern. Haben Sie Geduld! Er kommt wieder!

Der Beagle, so auch unser Arko, ist ein großartiger Begleiter, immer lustig und ausdauernd. Er braucht viel Bewegung. Sollte man also mal einen

Spaziergang ausfallen lassen, weil man müde oder es schon spät ist, kommt die Retourkutsche postwendend. Der nächste Spaziergang wird dann etwas wilder, etwas schneller, etwas lauter womöglich. Der Beagle will sich abarbeiten an Gerüchen: an Mülleimern, an Pfaden, an Bäumen, an anderen Hunden, an weggeworfenem Bonbonpapier, an Hühnern und an Kothaufen. Er braucht die Nasenarbeit. Wir nannten das Ganze immer ‚Zeitung lesen‘, der Hund geht quasi umher und nimmt die neuesten Informationen der Nachbarschaft auf. So wie wir Menschen die Informationen aus der Morgenzeitung. Zwei Stunden am Tag sollten drin sein, besser sind drei Stunden, und wer die Kondition hat, darf auch länger, viel länger draußen bleiben.

Und denken Sie ja nicht, dass er dann schon genug hat. Oder am nächsten Morgen etwas weniger einfordert. Bis ins hohe Alter von vierzehn Jahren lief Arko täglich seine zwei Stunden, am Wochenende das Doppelte. Erst danach wählten wir kürzere Runden, dafür aber mehrmals täglich.

Ein Beagle erzieht seine Besitzer zum vorausschauenden Denken. Und er ist ein Meutetier. Will immer bei seinen Menschen sein. Er passt sich vor allem in jungen Jahren super an wechselnde Orte an und er liebt und beschützt Kinder. Wann immer meine Töchter mit Arko unterwegs waren, stellte er sich zwischen sie und andere Spaziergänger oder vor andere Hunde. Auch konnten sie einfach alles mit ihm anstellen. Was dieser Hund an Verkleidungsspielen inklusive des Tragens von Brillen, Hüten, Tiaras und Fliegen alles mitgemacht hat -unglaublich. Aber er hat es sich geduldig gefallen lassen. Je mehr Körperkontakt, desto besser‘, war seine Devise, und wenn er sich dafür verkleiden sollte, auch gut.

Aber zurück zur Bewegung. Er hat große Ausdauer und ist ein idealer Wanderbegleiter. Wenn Sie planen, einen Beagle glücklich zu machen und ihm ein Heim zu geben, dann prüfen Sie genau, ob die Zeit und die Möglichkeiten für ausgiebige abwechslungsreiche Spaziergänge vorhanden sind.

Im Haushalt einer Familie mit kleinen Kindern könnte die Anschaffung eines Beagles unter Umständen eine Strapaze werden. Für die Familie *und* den Beagle. Denn er braucht Zeit und Zuwendung. Eine Runde um den Block oder an der Leine am Kinderwagen auf dem Spielplatz macht ihm keine Freude, und ein unausgelasteter Beagle ist wie ein hyperaktives Kleinkind. Das will niemand, und es ist nicht fair dem Beagle gegenüber.

Ideal ist der Beagle als Familienbegleiter meiner Meinung nach dann, wenn die Kinder mindestens zehn Jahre alt sind und auch selbstständig Gassirunden gehen können. Unsere Töchter wechselten sich während ihrer Schulzeit immer mit der Morgenrunde ab. Das gab dem Hund die Gelegenheit, morgens mit seinen Artgenossen zusammenzukommen, sein Geschäft zu erledigen, und den Mädchen tat die ständige Bewegung auch gut. Nachdem meine ältere Tochter ausgezogen war und nur noch in den Semesterferien nach Hause kam, erklärte sie mir mal mit sehr ernstem Gesicht, dass die täglichen Runden mit dem Hund ihr a) einige Pfunde erspart hätten und b) eine tolle Zeit waren -ihre ganz persönliche ‚Arkozeit'.

Ein Garten wäre ideal, er muss auch nicht groß sein. Ich empfand es als Luxus, Arko einfach zum Lösen in den Garten schicken zu können und nicht jedes Mal Gassirunden gehen zu müssen. Natürlich kann man ihn auch in einer Wohnung halten, der Zeitaufwand ist dann halt etwas größer, und wer nachts mit ihm an der Laterne steht, ist wohl auch klar.

In einen ausbruchsicheren Gartenzaun sollte man auf jeden Fall investieren. Kein Beagle lässt sich davon abhalten, den Nachbarsgarten zu erkunden, wenn die Möglichkeit besteht. Kein Hund wird im Vorgarten bleiben, wenn auf der gegenüberliegenden Straßenseite eine Ansammlung gelber Säcke mit duftendem Müll auf ihn wartet. Da hilft auch eine gute Erziehung nichts. In den ersten Jahren hatte ich immer den Eindruck, unser Arko will weg von uns. Teilweise war ich ein wenig beleidigt deswegen! Denn er ließ keine geöffnete Gartentür, keinen Spalt im Zaun aus, um sich auf und davon zu machen. Er kam immer wieder, aber die Zeit bis dahin war nervenzehrend.

Gute Nerven braucht man also auch mit einem Beagle, und dazu einen soliden Sinn für Humor. Denn der Hund ist uns die sprichwörtliche Nasenlänge an Erfindungsreichtum immer voraus. Er kommt an sein Ziel. Auch wenn Sie bei allen Vorsichtsmaßnahmen schon um drei Ecken gedacht haben, so hat er den Verstand, sich Methode Nummer vier auszudenken, um an das Leckerli in der verschlossenen Büchse oben auf der Küchenablage zu kommen.

Sie glauben, Sie haben alles gut vorbereitet, das Haus ist beagle-sicher? Er wird Sie Demut lehren. Denn der eine Schrank, der nur einen Spalt offensteht, wird mit Beharrlichkeit und ‚Schnüffelnasenhöchstleistung' zum Opfer seiner Ausdauer. Es waren drei kleine Leckerli, die in der Vordertasche eines Rucksackes ihr Dasein fristeten. Bis zu dem Tag, an dem der Schrank einen Spalt offenstand. Als ich nach Hause kam, lag der gesamte Inhalt des Schrankbodens verstreut in der Diele. Alle Taschen waren von innen nach außen gekehrt, die Schuhe durcheinander, Bürsten und Hundeleinen verwirrt, der Vorrat an Kotbeuteln verstreut und zerfetzt.

Ich verstand erst nicht, was da los war, warum er das gemacht hatte. Bis ich mir den Rucksack genauer anschaute. Die Vordertasche hatte Löcher, war abgelutscht und die darin befindliche kleine Tüte (ganz offensichtlich eine Leckerlitüte) zerfleddert und leer. Okay. Verstanden. Aber warum hatte er dann noch all das andere Zeug auf dem Boden verteilt? In diesem Moment erschien Arko an der Treppe. Seine Ohren hatte er, so gut es ging, an den Kopf angelegt, die Stirn war in Falten (sooo süße Falten) und er schien zu sagen: „Tut mir echt leid, aber ich konnte ja nicht wissen, ob in den anderen Sachen auch noch was zu finden ist, und die werden doch sonst schlecht, wenn man die nicht frisst!" Ich war kurz sauer, aber sein zerknautschtes Beaglegesicht und seine Freude darüber, mich zu sehen, machten alles wieder wett. Und demütig erkannte ich, dass ich mich noch so gut vorbereiten und glauben kann, alles sei arko-sicher. Es war und blieb reines Wunschdenken.

Das sollte nicht das letzte Mal gewesen sein, dass ich ‚Hundeschnüffelchaos' beseitigen musste. Seine Nase ließ ihm einfach keine Ruhe. Und hier setzt wieder die Sache mit dem Humor ein: Nehmen Sie es einfach nicht so ernst.

Nachdem Arko über die Jahre diverse Badmülleimer mit Abschminktüchern, Wattestäbchen, Haaren aus dem Abfluss oder Kinderzimmermülleimer mit Schokoriegelpapier, sowie Schulranzen mit Schulbrotresten und Einkaufsbeutel mit darin vergessenem Schnittkäse durchwühlt oder zerfleddert hatte, entschied ich mich, ihn in einem Zimmer zu lassen, wenn sonst keiner daheim war. Das Chaos auf dem Badezimmerflur oder der über den gesamten Waschküchenboden verteilte Inhalt eines Staubsaugerbeutels und des Mülleimers verleiteten mich nicht zu Lobliedern auf meinen ‚ach so süßen Beagle'. Ich war es leid, dass er mir immer eine Nasenlänge voraus war und ständig irgendwo Chaos wartete. Er nutzte die Zeit die er allein im Haus war äußerst effizient. Ich konnte die Mülleimer ja schlecht in Brusthöhe an der Wand anbringen, die standen nun mal in einigen Räumen auf dem Boden und passten auch in keinen Unterschrank.

Die Reaktion meiner Familie war verhalten: „Der arme Hund kann sich ja dann gar nicht bewegen", „Das ist gemein", „Sperr ihn doch gleich in einen Käfig" – so oder ähnlich lauteten die Kommentare aus Arkos Meute. Also entschied ich mich für unseren Wohnraum. Hier sind Wohnzimmer, Esszimmer und Küche ebenerdig mit Zugang zum Garten gemeinsam untergebracht. Dieser große Bereich würde dem Hund genügend Platz bieten, und außerdem konnte Arko durch die verglasten Verandatüren gut beobachten, wer kam und ging und was auf der Straße vor dem Haus so los war. Ich fand diesen Kompromiss prima und er hatte nichts mit der Käfighaltung zu tun, die manche Hundemenschen ihren Begleitern antun. Ich hätte Arko nie in so einen kleinen Metallkäfig sperren können. Nie und nimmer!

Aber die ‚Verwahrung' meines Lieblings in dem großen Zimmer, in dem er eh meist schlief, wenn keine Bespaßung in Sicht war, entspannte unseren Alltag merklich. Denn auch wenn man allen immer wieder sagt: „Nichts Essbares! Nirgendwo!" - es klappt nicht. Vor allem nicht, weil man erfahrungsgemäß gar nicht weiß, was für einen Beagle alles ‚essbar' und ‚ableckbar' ist. Und da sind wir wieder bei Demut und vorausschauendem Denken. Apropos: Nicht vorausschauend von mir war zum Beispiel, dass ich Hornspäne im Garten verteilte, um dem Wachstum meiner Stauden und Büsche ein wenig auf die Sprünge zu helfen. Wem ich half, war kurzzeitig meinem Hund. Ich fand Arko mit schwarzer Drecknase im Wohnzimmer in seiner Couchecke und konnte mir nicht erklären, was er nun schon wieder vergraben hatte. Bis ich meine Beete sah. Da hatte einer ganze Arbeit geleistet. Er scharrte sehr vorsichtig mit der Vorderpfote und leckte dann die minikleinen Hornspäne auf. Es bekam ihm leider nicht gut, er konnte die Dinger nur schwer verdauen, was ihn aber nicht von weiteren ‚Leckattacken' abhielt. Ich bemühte mich dann, die Späne, so gut es ging, tiefer in den Boden einzugraben, zusätzlich zog ich einen Zaun aus Hasendraht um das Beet. Wenigstens, bis sie sich aufgelöst hatten. Das hielt ihn aber auch nicht davon ab, weiter nach den Hornspänen zu graben. Ein Beagle eben, kreativ findet er immer einen Weg. Fortan verzichtete ich auf jede Art von Dünger. Das Leben mit Hund ist nie Alltag, weil immer irgendwas passiert. Und es passiert immer an den Tagen, an denen eh schon viel los ist. Ob er nun ein verrottetes Schweineohr mit aus dem Garten bringt und es Ihnen auf die Couch legt oder sich wohlig in Fischaas suhlt und das ganze Haus mit seinem ‚Eau de Chanel Hund No. Eklig' verpestet.

Irgendwie war ganz oft Ausnahmezustand. Nicht nur im negativen Sinn, sondern auch täglich unter dem Motto: „Schau doch mal, wie süß", oder „Ach, wie gut du heute riechst" oder „Mei, wie warm und knuddelig". Das hat uns als Familie echt zusammmen geschweißt.

Aber dann gab es eben diese Tage, an denen man seinen Hund mit Tomatensaft wusch, draußen im Garten bei unwirtlichen Witterungsbedingungen. Auf einem unserer Spaziergänge am See hatten wir Arko schon eine kleine Weile nicht gesehen. Er unternahm seinen gewohnten Streifzug durch das Ufergras und dann kam er de facto mit einem Grinsen auf dem Gesicht angetänzelt. Er hatte den Schwanz steif in die Höhe gerichtet und stolzierte mit stolzgeschwellter Brust auf mich zu. Er hatte sich in Fischaas gesuhlt. Das war schnell klar. Und er liebte es. Arko stank am Kopf, Hals und Oberkörper, sowie an den Vorderfüßen so streng nach totem Fisch, das war nicht auszuhalten. Nach dem Spaziergang ließ ich ihn im Garten, obwohl er natürlich beharrlich an der Verandatür kratzte und ins Warme wollte. Wir überlegten, fragten die Nachbarin, die schon einige Hunde gehabt hatte, doch außer ‚Baden und Hoffen' hatte sie keine erfolgversprechende Idee.

Also im Netz nachsehen. Gedacht, getan, da rief Schwiegermutter an. Erst wollte ich gar nicht rangehen, aber dann: ‚Vielleicht hatte sie eine Idee?'

Hatte sie. Und damit nahm das ‚Baden und Waschen' unseres Arko mit Tomatensaft seinen Anfang. Wir rieben ihn damit ein und er musste so noch eine halbe Stunde draußen warten. Dann ging es ab in die Dusche. Nach dem Einschäumen mit Bio-Babyshampoo wurde er ordentlich abgebraust (den Kopf haben wir ganz sanft behandelt), dann ein riesiges Badetuch über den Hund und raus aus der Dusche. Das Badetuch fing schon mal den gröbsten Wasserschwall auf, den Hund beim Schütteln durch die Gegend zu schleudern pflegte. Das Ganze wiederholten wir noch mal, und dann roch unser süßer Rabauke wie ein frischer Babyshampoo-Tomatensalat.

Nach seiner ersten Dusche ist er übrigens ewig rumgelaufen und hat an sich selbst geschnuppert, da ihm der Aprikosenduft völlig neu war. Wahrscheinlich hat seine Nase Samba getanzt.

Einen Wachhund ersetzt der Beagle übrigens nicht, sollten Sie darauf gehofft haben. Unser Hund hat jeden freundlich begrüßt. Das hätte er auch mit jedem Einbrecher getan. Wenn noch Bestechung (in Form von Leckerlis) im Spiel war, dann ging er auch fremd.

Wir hätten seine Betreuung allein niemals geschafft. Wie auch bei der Kindererziehung kann ich mit Fug und Recht den bekannten Spruch zitieren: „It takes a village!" In den ersten Jahren wurde Arko daran gewöhnt, allein im Haus zu sein, bis die Mädchen gegen 13.30 Uhr von der Schule nach Hause kamen. Das war damals kein Problem für ihn. Wir hörten nichts von den Nachbarn, das er weinen oder Rabatz machen würde. Als er älter, seine Blase schwächer wurde, wurde er immer unleidlicher, obwohl wir darauf achteten, unsere Abwesenheitszeiten so kurz wie möglich zu halten. Er begann, zu jammern und an manchen Tagen jaulte er auch. Er stand hinter der Balkontüre und begann ein Konzert. Er mochte nicht mehr länger allein sein. Zum Glück haben wir nette Nachbarn. In den zwei Nachbarhäusern neben uns leben Ehepaare, die ein großes Herz für Arko hatten. Wir gaben ihnen einen Schlüssel, sie sperrten Arko die Türe zum Garten auf und er konnte nun rein und raus, ganz nach seinem Belieben. Auch um sein Abendessen kümmerten sie sich von Zeit zu Zeit. Denn gerade in den Jahren, als unsere Töchter schon studierten und nicht mehr daheim lebten, schafften wir es nicht, jeden Abend um 18 Uhr zuhause zu sein.

Warum denn jeden Abend um 18 Uhr? Arko hatte eine innere Uhr und war von uns quasi darauf trainiert, dass er jeden Tag zur selben Stunde gefüttert wurde. Meist begann er schon gegen 17.30 Uhr, einen Platz in meiner Nähe zu suchen und seine Blicke auf mich zu heften. Er wollte mir zu verstehen geben: „Es ist Zeit, schau mal auf die Uhr. Ich habe Hunger!" Kam darauf keine Reaktion, begann er zu fiepen und geräuschvoll ein- und auszuatmen. Half das alles nichts, kam er rüber geschlendert, legte seine Schnauze auf mein Knie und der Ausdruck in seinen überaus schönen braunen Augen zeigte den Weltschmerz schlechthin. Spätestens dann stand man auf und gab sich geschlagen. Es war 18 Uhr, auch wenn es erst 17.30 Uhr war. Das Drama bei der Zeitumstellung und dem langsamen Anpassen der Fütterungszeit daran kann man sich vorstellen!

Aber noch mal zu unseren Helferlein. Unsere Nachbarn haben ihm Gartenzeit verschafft, sie haben ihn gefüttert, sind mit ihm Gassi gegangen, wenn wir keine Zeit hatten. Sie haben Arko genauso geliebt wie wir und sich auch liebevoll von ihm verabschiedet. Wir konnten unserer Arbeit immer beruhigt nachgehen, denn wir wussten, Arko ist bei ihnen gut aufgehoben.

Oder er durfte in den ‚Kindergarten'. Am Ende der Straße lebten zwei Hunde, mit denen Arko aufgewachsen war. Sie waren zur selben Zeit bei ihrem Besitzer eingezogen und man sah sich jeden Tag auf der Gassirunde. Die drei spielten zusammen in einem der Gärten, tobten durch die Häuser und wussten genau, wo beim anderen die Leckerlis zu suchen waren. Als Arko dann älter wurde und wir ihn nicht länger als drei Stunden allein lassen wollten, klemmte ich mir manchmal am Morgen sein Hundebett unter den Arm, schnappte seine Leine und wir marschierten die Straße hoch. Am Haus von Arkos Freunden angekommen, gab es am Zaun ein schnelles Hallo, Hund verschwand in der Küche, und ich konnte beruhigt zur Arbeit. Er war gut aufgehoben bei einem Hundemenschen, der keine Angst vor alten Hunden mit kleinen Macken hatte. Das fühlte sich an wie früher, wenn man morgens die Mädchen in den Kindergarten brachte.

In den Ferien übernahmen in den ersten Jahren meine Eltern Arkos Betreuung. Da gab es einen Garten und zwei rüstige Rentner mit dem unbedingten Willen, Spaziergänge zu unternehmen. Oder sie zogen gleich bei uns ein und hüteten in unserer Abwesenheit Haus und Hund. Manchmal durfte unser Beagle auch in die Schweiz, in die Sommerfrische. Mein Schwager war zunächst wenig begeistert von der Idee seiner Frau, Arko bei sich in der Züricher Wohnung aufzunehmen. Denn eigentlich mochte er keine Hunde. Was sich dann aber zwischen ihm und Arko entspann, bleibt zwischen ihm und Arko. Eine ‚innige Verbundenheit' beschreibt es wohl am besten. Das Witzigste an der Beziehung der beiden war, dass mein Schwager auf Tschechisch umschwenkte, wenn er mit Arko schimpfte. Als Arko zum Beispiel das schmackhafte Lederarmband der Bucherer Uhr wie einen Snack zerkaut hatte, brauste ein Schwall für mich unverständlicher Worte auf den Hund nieder. Doch Arko legte sich ruhig auf den Boden, streckte die Vorderbeine aus, klappte die Ohren an und hörte meinem Schwager andächtig zu. Es schien, als würde er verstehen, was er sagte. Arko hörte eine Weile zu, stand dann auf und ging weg, in ein anderes Zimmer und meinem Schwager für ein paar Minuten aus dem Weg. Ich glaube, unser Hund war mehrsprachig. Er sprach Deutsch, Englisch, Tschechisch, Schweizer Deutsch und Sächsisch!

Oft hatte Arko auch das Glück, für eine Weile in den Wohngemeinschaften unserer Töchter leben zu dürfen. Was für eine Freude für einen verfressenen Beagle. All diese Pizzakartons zum Ablutschen, alle diese leckeren Gerüche aus fremden Mülleimern, die offen herumstanden! Und wie schön war es, wenn seine ‚Schwestern' nach Hause kamen und für zwei Wochen, während wir in Ferien waren, wieder ganz bei Arko einzogen. Von früh bis spät konnte er sich ihrer ungeteilten Aufmerksamkeit, ihrer Liebe und ungezählten Streicheleinheiten sicher sein. Man braucht wirklich eine Armee von netten Menschen, um einem Hund die gebührende Pflege zukommen zu lassen.

Wie auch immer Sie sich entscheiden – und meine Beispiele sollen Sie wirklich nicht davon abhalten, diesem wahrhaft wundervollen Begleiter ein Heim zu geben – der Beagle im Allgemeinen ist jede Anstrengung wert, und Arko war es im ganz Besonderen.

Familienfeste

Ein Familienfest ist für einen Beagle eine großartige Sache. Je mehr Menschen, desto besser, eine große Meute ist ein großes Fest für einen Beaglemann. Besonders liebte Arko all die Menschen, die sich zu ihm auf den Boden setzten und hingebungsvoll seine weichen Ohren kraulten – oder das Hinterteil, das er nach einer Weile Ohrenkraulen immer (und ich meine: immer) vorsichtig in Richtung der Kraulhände schob.

Außerdem duftete es den ganzen Tag aus der Küche nach Geschmortem und Gebackenem, und sofort musste Arko seinen Lieblingsplatz in eben diese Küche verlegen. „Ich leg mich mal da an die Seite, da bin ich nicht im Weg, aber sofort mittendrin, wenn etwas runterfällt. Und wie ein Staubsauger werde ich alles aufsaugen, ich bin doch deine Küchenhilfe, oder?" So oder so ähnlich vernahm ich dann seine Gedanken und lächelte glücklich vor mich hin. Ab und an wanderte ein Stück Gurke nach unten oder ein Stück Möhre. An Feiertagen auch ein Stückchen Brot. Was für eine himmlische Abwechslung, wenn er dann den Joghurtbecher auslecken durfte.

Das Jahreshighlight war Thanksgiving. Der einzige Tag im Jahr an dem in unserem Haushalt voller Vegetarier ein riesiger Truthahn zubereitet wurde. Fast alle unsere Freunde behaupten noch immer, daß man in diesem ‚Gemüse-Mädels-Haus' den besten Truthahn bekommt. Und auch nach mehrstündigem Kochen war unser Küchenboden immer perfekt sauber. Denn jeder Tropfen Soße, der beim ‚Übergießen' auf den Boden tropfte, wurde schnellstens und sehr dankbar aufgeleckt.

Noch besser wurde das Ganze, wenn es ein Buffet gab oder am Sonntag jemand den Tisch deckte und danach ‚schnell' duschen ging. So schnell konnte keiner duschen, wie Mister Arko einen Stuhl so unter dem Tisch herausschob, dass er ihn als Sprungbrett auf den Tisch nutzen konnte, um dann zielsicher Richtung Wurstplatte zu marschieren. Übrigens, ohne irgendwo draufzutreten oder etwas zu verwüsten. Schnell verstanden wir, dass man einen Frühstückstisch ab jetzt so nicht mehr vorbereiten durfte. Also, wenn man selbst Wurst essen möchte. Oder Butter.

Apropos Butter. Eines Morgens dachte sich meine Frau: ‚Die Butterdose und die Teller kann man ja schon mal hinstellen.' Welcher Hund isst denn schon Butter? Unser verfressener Beagle – und zwar gerne auch ohne Brot und ohne Wurst. Als ich in die Küche kam, stand er oben auf dem Tisch, hatte den Deckel von der Dose gekickt und schmatzte den Inhalt. Den Kiefer weit aufgerissen, die Zähne fletschend, versuchte er, die klebrige Butter ähnlich schnell zu verspeisen wie sonst sein Futter. Aber das ging natürlich nicht. Die Butter klebte an seinem Gaumen und er wusste einfach nicht, wie er sie schnell verdrücken sollte. Als er mich sah, legte er die Ohren an (so gut das halt funktioniert bei Schlappohren), machte einen Satz, und weg war er. Raus in den Garten, weit weg von mir. Er stand noch ewig draußen im Bemühen, das fettige Zeug von seinem Gaumen zu lutschen.

Ganz versessen war Arko auf Schokolade. Nachdem er einmal eine Tafel Milchschokolade zu fassen bekam, waren wir alarmiert und wußten um das Problem. Hunde vertragen keinen Kakao. Also verstauten wir diese Süßigkeiten besonders gut. Bekommt man aber ein Paket geschickt und weiß nicht, was darin ist und läßt es unbeobachtet liegen, dann weiß man um den Inhalt spätestens dann, wenn der Hund es zerlegt hat. So geschehen bei einem meiner Geburtstagspakete.

Bei anderen Gelegenheiten mussten wir höllisch aufpassen, dass das Buffet hoch genug war, das auftauende Fleisch vor dem Grillfest ganz hinten auf der Küchenarbeitsplatte lag und Arko keine Chance hatte, vom heißen Grill zu stibitzen.

Ansonsten waren diese Familienfeste aber super. Denn der oben genannte Staubsauger wurde hier immer wieder eingesetzt. Überall, wo ein Krümel fiel: Arko war da. Ein Teller, achtlos zur Seite gestellt: Arko ersetzte die Spülmaschine.

Geruchsbelästigung und Baden mit dem Hund

Es sind die kleinen, täglich wiederkehrenden Momente, die uns mit unserem Vierbeiner verbinden. Rituale, die nur Sie und Ihr Hund verstehen. Wenn man (also Hund) vor Wiedersehensfreude am Abend wie irre jault und immer wieder im Kreis seinem Schwanz nachjagt oder es genießt, morgens liebevoll ausgiebig am Bauch gekrault zu werden zum Beispiel. Wenn unser Arko im Garten für sein Leckerli im frisch geharkten Beet ein Loch grub, es mit der Schnauze wieder zuschob und anschließend diese verschmutzte Schnauze an unseren Hosenbeinen rieb, dann war das auch so ein Ritual.

Ab und an schleichen sich dann neue Rituale in unser Leben mit dem Hund ein, die wir nicht so putzig finden. So zum Beispiel das witzig aussehende Robben auf dem Hinterteil. Arko fing damit an, als er so etwa neun Jahre alt war. Er setzte sich auf seinen Po und rutschte immer wieder darauf herum. ‚Na gut', dachten wir, wieder eine neue Marotte!', und vergaßen es wieder. Doch nicht für lange.

„Oh je, was stinkt denn hier so schrecklich? Wie tausend tote Mäuse!", schrie meine Tochter, die es sich neben ihrem Liebling gemütlich machen wollte. Arko wusste sofort, um wen es ging, er sprang auf und war weg.

Der Gestank blieb. Mit angewidertem Gesicht und Menschenspürnase roch sie am Kissen, steckte die Nase in die Luft, schnupperte dann an der Decke und sprang genauso schnell auf wie vorher der Hund.

„Was ist das, Mama? Das stinkt ja schrecklich!"

Die Hundedecke hatte einen faulig-beißenden Geruch angenommen, und ich verfrachtete sie sofort in die Waschmaschine. Waschmittel PLUS Soda würde diesem Gestank den Garaus machen. Aber wo war der Hund? Dieser Geruch, den er am Fell hatte, musste ja von irgendetwas stammen. Also rannten wir alle hinter Arko her, um der Sache auf den Grund zu gehen. Die Untersuchung war filmreif, denn Arkomann war nicht willens, einfach stillzuhalten und eine Leibesvisitation über sich ergehen zu lassen. Es brauchte vier Hände, eine Nase und später Google, um den ,Dingen' auf den Grund zu gehen.

Es stellte sich heraus, dass manche Hunde ein Problem mit der Analdrüse haben. Das Analdrüsensekret wird normalerweise beim Kotabsetzen mit ausgeschieden. Manchmal verstopft diese Drüse aber und der Hund hat ein unangenehm drückendes Gefühl. Das bekämpft er mit dem Robben auf dem Hinterteil und presst dabei das überschüssige Sekret aus. Toll.

Nun wussten wir, was los war, aber wie kriegten wir den Hund wieder sauber und wie verhinderte man diesen abscheulichen Geruch, der sich auf allen Sachen sofort breitmachte, wenn sich Hund draufsetzte? Das Verhindern ist nicht so einfach. Ich habe mir von der Tierärztin zeigen lassen, wie man diese Drüse mit viel Fingerspitzengefühl und vor allem mit wahrer Liebe entleeren kann. Denn das ist wahre Liebe! Aber meist merkt man es eben erst, wenn der Vierbeiner schon irgendwo Sekret abgesetzt hat, und kann ihm dann nur beim ,Rest' beistehen. Sonst hilft nichts als Waschen, Waschen, Waschen und Hund baden!

,Hund baden' klingt wie ,Baby baden', war aber bei Arko in den ersten Jahren ein Kampfsport. Zwei starke Arme bugsierten Hund in die Wanne, zwei betätigten die Dusche, zwei seiften ihn ein. Begleitet von Winseln, Jaulen und kräftiger Gegenwehr. Es war ein Kraftakt, bei dem man sehr aufpassen musste, Arkos Kopf nicht nass zu machen.

In späteren Jahren ging er mit in die Dusche, und solange er auf der eingebauten Sitzbank stehen konnte und nicht am Boden, ließ er sich problemlos abbrausen. Warum das dann funktionierte? Altersweisheit beim Hund? Einsicht in die Notwendigkeit? Wir wissen es bis heute nicht und schieben es gemeinhin auf sein Alter und die seinerseits späte Erkenntnis, dass er nach Babyshampoo riechend noch mehr Streicheleinheiten bekam!

Herrchen, Frauchen ... wie nennt man uns?

Was gibt es nicht alles für Namen für uns. Ja, uns was? Hundebesitzer, Rudelführer, Herrchen, Frauchen, Mama, Papa, Hundehalter?

Also, um das mal klarzustellen, ‚besitzen' kann man einen Beagle nicht. Jedenfalls nicht, wenn man ihn nicht brechen will. Und wer will das schon? Dieser süße, verschmuste Kurzhaarhund liebt dich bedingungslos solange du ihm

a) genügend Futter,

b) Auslauf

c) und Zuwendung gibst.

Ist fast so wie bei uns Menschen. Ach ja, und bitte die Kommunikation nicht vergessen: Hunde lieben die Ansprache. Unser Arko hat seinen Kopf immer etwas schräg gelegt, wenn er nicht ganz meiner Meinung war oder glaubte, mir eine andere Handlungsweise abringen zu müssen (zum Beispiel in der Küche, wenn mir beim Gemüseschnippeln zu lange nichts runterfiel).

Also: Besitzer ist es nicht, mal ganz davon abgesehen, dass dieser stolze Jagdhund auch gut ein paar Tage allein im Wald zurechtkäme.

‚Hundehalterin?' Mit dem Halten ist das so eine Sache der Definition. Am Anfang haben wir versucht, ihn zu halten, an einer normalen zwei Meter langen Leine. Das ging solange gut, bis er mehr als 10 kg hatte, sich mit seiner muskulösen Brust ins Geschirr stemmte und so manchen von uns die Straße entlang schleppte. Denn das Ding mit dem ‚Bei-Fuß-Gehen' klappte bei uns besonders am Anfang fast nie. Außerdem ist mir nach all den Jahren immer noch nicht ganz klar, was das eigentlich soll. Also außer in der Großstadt vielleicht. Wäre Arko neben mir gegangen, hätte ich seinen schönen, tänzelnden Gang nicht bewundern, seiner Rute nicht nachschauen können, die stolz in die Höhe gereckt den Weg vorgab.

Eine einsichtige und wohlmeinende Freundin brachte uns eines Tages eine Aufrollleine mit. Ein absoluter Gamechanger. Arko konnte schnüffeln, stehenbleiben, noch mal nachschnüffeln und dann nachtrotten. Ohne dass ich meinen Schritt verlangsamen musste. Er konnte vorauslaufen und die Gegend auschecken, im Gebüsch verschwinden, ohne dass ich hinterher musste. Natürlich erforderte das auch den einen oder anderen Sprint meinerseits, wenn unsere Schnüffelnase mal wieder Schulbrote der Grundschüler gefunden hatte, die gedankenlos entsorgt worden waren. Meist war ich nicht schnell genug, aber daran hätte eine kurze Leine auch nichts geändert.

Der jagdbeflissene (Fast-) Allesfresser am anderen Ende meiner Leine wartete nicht darauf, dass ich böse „No, no" zischend seine Beute untersuchte. Seiner Erfahrung nach wollte ich diese Beute meist für mich beanspruchen, schob sie entweder in meine Tasche (wenn nicht allzu eklig) oder warf sie in hohem Bogen ganz weit weg (was Arko so gar nicht verstand). Also: Bevor ich der Beute habhaft werden konnte, verschlang er sie lieber selbst. Verschlingen, wohlgemerkt, nicht kauen und langsam einspeicheln. Nein. Rein und runter den Schlund. So macht das Hund. Wenigstens der Beagle.

Im Laufe der Jahre habe ich alles Mögliche aus dem Fang meines Hundes geklaubt: Schulbrote (lindgrün), Salamischeiben (dunkelgrau), Hundekacke (bekannt), Pferdemist (dampfend), Haribos, verfaulte Äpfelgriebse, toten Fisch. Und das macht jeden Zweibeiner happy. Denn was Arko sonst mit dem toten Fisch gemacht hätte, besonders, wenn er am Seeufer noch zwei, drei Tage in der Sonne mariniert wäre, ist weitaus unschöner. Aber das wissen Sie ja schon. Das mit dem Hundehalten ist es also auch nicht. Auch wenn ich weiß, dass der Begriff nichts mit dem Festhalten des Hundes an der Leine zu tun hat.

Dann gibt es noch ‚Herrchen'. Ist man der Herr seines Hundes oder ist der Begriff nur auf die männlichen Hundemenschen gemünzt? Wann ist man Herr seines Hundes? Oder geht es wieder um das beherrschen?

Da schließt sich für mich der Kreis zum Besitzer. Passt auch nicht.

‚Frauchen', ‚Mama', ‚Papa'. Klar haben wir die Worte beim ‚So-Dahin-Plappern' mit dem Hund auch immer wieder genutzt, irgendwas muss man ja sagen. Aber eigentlich bin ich sein Hundemensch und er ist mein Buddy. Mein Freund. Mein vertrauter Wegbegleiter. Das passt.

Dies ist übrigens der Originalabdruck von Arko vom Orlagrund der im gesamten Buch genutzt wird.

Interessantes & Unerklärliches

Im Laufe der Jahre mit unserem wundervollen Wegbegleiter habe ich eine ganze Liste interessanter und schwer erklärbarer Verhaltensweisen oder Auffälligkeiten bei unserem dreifarbigen Kraftprotz bemerkt.

DER NEST-BAUER

Nicht ungewöhnlich, hört man immer wieder. Stimmt wohl auch, evolutionstechnisch gesehen jedenfalls. Aber dennoch wird man mir schmunzelnd recht geben, wenn ich behaupte, dass es schon lustig anzusehen und auch etwas verstörend für uns Menschen ist. Arko hat nie damit aufgehört. In seinen ganzen fünfzehn Jahren, sechs Monaten und einundzwanzig Tagen nicht. Er konnte noch so erschöpft sein von einem langen Waldspaziergang, vor dem ausgiebigen Mittagsschlaf musste ein Nest her. Und vor der langen Nacht sowieso. Und das baute man auch nicht nur einmal. Nein. Unser Hund machte das immer genau drei Mal.

Jeden Abend baute er am Fußende unseres großen Doppelbettes in der Mitte ein Nest. Er drehte sich links herum, dann rechts herum, schob die Decke mit den Vorderfüßen erst hierhin, dann dahin. Dabei schnaubte er hektisch aus und ließ sich irgendwann mit einem Plumps fallen. Rollte sich so halbwegs ein, legte den Kopf auf einen etwas erhöhten Punkt seines Bauwerkes und schloss die Augen. Nach einigen Minuten schlug ich eine kuschelige kleine Fliesdecke über ihn drüber, stopfte sie unter ihm fest und löschte das Licht. Er lag da in diesem Kokon und bewegte sich nicht.

Spätestens jetzt schmunzelt jeder, der das liest und sich auskennt. Es dauerte nur kurz, bis er sich wieder erhob und das Ganze von Neuem begann. Hin -und herschieben, drehen, schnauben und plumpsen lassen. Licht wieder an, Decke hindrapieren, Licht aus. Nach dem dritten Mal dann gab er endlich Ruhe und schlief selig die ganze Nacht eingekuschelt unter seiner Decke wie ein Baby. Am frühen Morgen schälte er sich aus seinem Nest, kam ans Kopfende und stupste mich mit seiner kalten Nase an, mit der Vorderpfote versuchte er, meine Decke wegzuschieben.

Das war der Moment, an dem ich zur Seite rutschte und Arko sich in meiner Bauchkuhle noch ein Stündchen einrollte und vor sich hindöste. Warum ich mit dem Löschen des Lichts und dem Einpacken nicht einfach gewartet habe, bis er nach dem dritten Mal Ruhe gab? Tja, irgendwie hatte er sich das mit dem Decke-Drüberlegen und Unter-Ihm-Feststecken gemerkt. Wenn ich, genervt von der Aktion, abends einfach nur schnell schlafen wollte und die Zeremonie des Decke-Drapierens ausließ, wartete er ewig darauf und Nestbauaktion zwei und drei ließ ebenso ewig auf sich warten. Dann wachte ich kurz nach dem ersten Eindösen wieder auf und schalt mich jedes Mal, dass ich nicht einfach mitgespielt hatte. Im Grunde seines Herzens glaubte Arko wahrscheinlich, dass dies mein Abendritual war, und wollte mir den Spaß nicht verderben.

„Hund im Bett?" Die Frage bekomme ich oft zu hören. Und ich verstehe das gut. Bevor wir Arko bekamen, glaubte ich fest daran, dass kein Hund jemals in meinem Bett schlafen würde.

‚Wozu hat er ein Hundebett? Er kann dort schlafen.' Dass ich das hinbekommen würde, davon war ich fest überzeugt. Aber wie das eben so ist mit den guten Vorsätzen. Als vollzeitbeschäftigte Mutter war ich abends auch mal an dem Punkt angelangt, wo man eh schon den ganzen Tag Hundeerziehung, Mitarbeitercoaching und Kindererziehung geleistet hat und einfach nachgibt. Man geht den bequemeren Weg, wie bei den Kindern und Partnern auch manchmal. Ist sehr menschlich.

Nach nur wenigen Wochen hatte ich mich sehr an Arko gewöhnt. Er schlief in den ersten sechs Jahren nicht jede Nacht bei uns. Wir ‚teilten' ihn auch mit den beiden Mädchen. Erst, als die beiden aus dem Haus gingen, war Arko dann immer bei uns. Außer, seine beiden jungen Damen kamen nach Hause. Da war ich abgeschrieben!

DER TOILETTEN-BEGLEITER

Dieses Phänomen schreibe ich der Kategorie Neugier zu. Wenn in unserer Familie jemand auf die Toilette ging und Arko wach war, folgte er demjenigen. Er blieb vor der geschlossenen Türe sitzen, dauerte es zu lang, begann er an der Tür zu kratzen. Folglich hatten beide Badezimmertüren im Haus erhebliche Kratzspuren aufzuweisen. War ich allein daheim, blieb die Türe auch schon mal offenstehen, und dann wurde es lustig. Arko kam hinterher, drehte sich und setzte sich auf den Läufer zu meinen Füßen. Mit dem Hinterteil zu mir und immer mit dem Blick Richtung Ausgang. Er blieb ruhig sitzen und wartete. Und ich war nicht die Einzige, mit der er das machte. Bei allen Familienmitgliedern und auch bei meinem Bruder war es genauso. Mein Bruder hatte einen Lieblingsspruch zu dem Phänomen: „Arko und ich waren nachdenken", dann wusste jeder: Die beiden waren zusammen auf der Toilette gewesen.

Es gibt Hundemenschen, die meinen, der Hund tut das, weil wir ja auch immer bei ihm dabei sind, wenn er ein Geschäft verrichtet. Ich glaube eher, es hat mit seiner Neugier und dem Beschützerinstinkt zu tun.

DER KOFFER-SITZER

Musste einer von uns verreisen und packte eine Tasche (und wir waren viel unterwegs), dann war das ein großes Drama für unseren Hund. Schon wenn ich eine größere Tasche aus dem Keller in den zweiten Stock trug, war Arko alarmiert.

Er folgte mir und legte sich im oberen Stockwerk mitten in den Flur. Dort konnte er dem wuseligen Hin und Her zwischen Schlafzimmer, Bad und Schuhschrank am besten folgen. Jeder meiner Schritte wurde aufmerksam verfolgt und von missbilligendem Schnauben begleitet. In seinen frühen Lebensjahren machte ich den Fehler, den Koffer einfach geöffnet auf mein Bett zu legen, während ich den Inhalt zusammentrug. Sobald die erste

Lage Kleidung im Koffer war, sprang Arko behände auf das Bett und legte sich hinein. Es war schwer, ihn da wieder rauszubekommen. Er wollte halt immer mit und wusste genau: Wenn Koffer und Taschen ins Spiel kamen, verließ ein Meutemitglied sein Reich, und das gefiel ihm nicht.

Wann immer unsere Töchter nach einem Wochenende wieder die Tasche packten, lag er mit ausgestreckten Vorderläufen und darauf platziertem Kopf schmollend mitten im Zimmer und beobachtete misstrauisch das Geschehen. Dann folgte er dem Koffer nach unten und blieb wie ein Wachhund immer neben dem unheilbringenden Stück Gepäck liegen. Nichts brachte ihn davon ab.

Wenn wir gemeinsam verreisten, konnte ich ihm erzählen, was ich wollte. Er verfolgte jeden meiner Schritte. Bis zu dem Punkt, wo auch sein Hundebett und die ‚Arko-Verpflegungs-Medizin-Spieltasche' ins Auto wandert. Dann wusste er: „Diesmal darf ich mit!" Sein größtes Glück.

DER AUTO-SINGER

Manche Hunde mögen ja kein Autofahren. Schon beim Anblick des Wagens verschwinden sie und lassen sich nur unter Kraftaufwendung ins Auto verfrachten. Sie erbrechen sich oder jammern die gesamte Zeit. Arko sprang immer behände hinein. Oder legte jedenfalls die Vorderpfoten in den geöffneten Kofferraum. Am meisten liebte er seinen Platz in der Mitte zwischen unseren Töchtern. Angeleint und aufrecht sitzend am Anfang, ausgestreckt zwischen den beiden oder eingerollt auf einem Schoß später. Das fand er toll.

Aber warum hat er viele Jahre lang den Beginn einer jeden Autofahrt mit einem langgezogenen Pfeifton eingeleitet? Er pfiff und wimmerte aufrecht sitzend, fiepte und stupste uns mit der Nase an. Es klang wie ein Gesang. Nach etwa fünf Minuten war es ruhig. Hund entspannte sich, änderte die Position vom Sitzen zum Liegen und begann zu schnarchen.

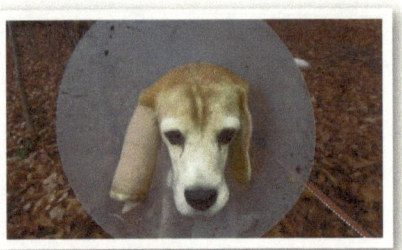

Jagdfieber & Bewegungsjunkie

Arko und das Jagen war eine aufregende Seite unserer doch sehr symbiotischen Beziehung zu unserem Beaglemann. Wir hatten viel von diesem Instinkt gelesen, und als wir das erste Mal das ganz typische Jagdgebell hörten, wussten wir sofort, dass dieser hohe spitze Ton der Auftakt zu einer interessanten Mission war.

Unser dreifarbiger Beagle war ein stolzer Vertreter seiner anarchisch geprägten Rasse. Der Beagle lebt am liebsten in einer Meute, nicht in einem Rudel mit einem Anführer. Nein, für den Beagle geht es darum, überhaupt jemandem zu folgen, egal, wem. Am besten ist er selbst vorneweg und hinter einer Fährte her. Er ist sprichwörtlich ein Anarchist und macht sich nicht viel aus Hierarchien. Wenn man das kapiert hat, dann geht es gut mit der Verständigung, die in Zeiten, in denen es Disziplin bedarf, einfach super über das Fressen funktioniert. Immerhin bin ich die Chefin über den Kühlschrank, die Futterdose und die Leckerlibox. Das erkennt sogar der größte Anarchist an.

Nun begann sie also, die Zeit der ersten Hetzjagden. Nicht so, wie man gemeinhin annimmt. Wir haben ihn nicht abgerichtet und er war auch nicht mit einem Jäger unterwegs. Die Abgehetzten waren eher wir. Denn in den ersten Jahren erlebten wir so einige wilde Verfolgungsjagden durch den Wald. Wenn Arko nicht angeleint war, seine Nase praktisch am Boden klebte und er dieses spezielle Gebell erschallen ließ, dann blieben uns etwa fünf Sekunden, um ihn zu schnappen. Ansonsten hieß es: ausharren und hoffen.

Das erste Mal wirklich abgehauen ist er im Winter, einen Tag vor Weihnachten. Meine Frau war mit Arko unterwegs, ich saß mit den Großeltern und den Kindern daheim. Wir tranken Kaffee und aßen Stollen. Wir waren schon im Weihnachtsmodus, alle Einkäufe erledigt, der Baum aufgestellt, genug Glühwein im Haus. Es war ein friedlicher Tag. In der Nacht hatte es geschneit und Arko hatte ohne Leine im Wald laufen dürfen. Die frischen Fährten auf Neuschnee liebte er sehr. Leider hatte er ziemlich schnell Witterung aufgenommen. Und dann flog die Haustüre auf, mit einem Schwall kalter Luft fegte meine Frau ins Zimmer mit den Worten: „Hund weg". Man hörte ihn wohl durch den Wald streifen, immer mit dem typischen Gebell, und wie es schien, lief er Richtung Straße, wo immer richtig viel los war. Also alle angezogen und ab in den Wald.

Wir strömten aus in Richtung Gebell, man konnte es durch das ganze große Forstgebiet hallen hören. Arko war laut und schnell und vor allem querfeldein durch Dickicht und Brombeergestrüpp unterwegs. Zum Glück hinterließ er Spuren im Schnee. Ab und an bekamen wir sogar seine weiße Schwanzspitze zu sehen. Dann wieder konnten wir nur grob dem Bellen folgen. Oder es war wieder ganz still. Die Stille machte uns richtig Angst. Hat sich sein Halsband irgendwo verfangen? Ist er auf die Straße gelaufen? Werden wir ihn im Gestrüpp finden, wenn er sich verletzt?' Tausend Gedanken schossen mir durch den Kopf, während wir hilflos und auch ein wenig planlos durch den Wald hechelten. Nach etwa einer Stunde riefen meine Töchter ganz laut, dass sie ihn hätten. Er war erschöpft sitzen geblieben, inmitten eines Brombeergestrüpps. Er konnte oder wollte nicht mehr weiter durch die stacheligen Büsche. Aber er war heil, unversehrt, durstig und froh, uns zu sehen.

Ein anderes Mal war es mitten im Sommer, an einem heißen Tag. Ich hatte den dichten Wald als Gassiziel ausgesucht, da die Bäume uns Schatten spendeten und sowohl Arko als auch ich hier viel mehr Spaß an einer ausgiebigen Runde haben würden. Die Obstplantage lag gerade in der vollen Sonne und am See waren bei solch einladendem Wetter einfach zu viele Menschen, die in Ruhe baden wollten. Und das bedeutete, wir hätten die Leine anlegen müssen. Denn ein vorwitziger Beagle ohne Leine an einem See mit vielen jungen Müttern mit Kleinkindern und ebenso vielen Snacks oder Leberkäsesemmeln, das ging nicht gut. Für Arko schon, aber nicht im Hinblick auf unser gutnachbarschaftliches Verhältnis im Dorf.

Wir nahmen also unseren Weg an den Wiesen vorbei in den Wald und Arko scharwenzelte glücklich vor mir her. Er stoppte hier und da, las Zeitung, checkte, welcher seiner Artgenossen heute hier schon vorbeigekommen war und trank aus dem kleinen Rinnsal am Wegesrand. Ab und an pirschte er sich unter einen Busch oder schnüffelte ausgiebig an einem Mauseloch. Seine kräftigen Beine trugen ihn in recht gleichmäßigen Abständen immer wieder zu mir, um sich eine ,Wegzehrung' abzuholen. Ich konnte die Leckerlis in meiner Tasche nicht leugnen.

Und dann ging alles ganz schnell. Er war rund dreißig Meter vor mir, als er die Nase nicht mehr vom Boden hob, aufgeregt im Zickzack lief und zu bellen begann. Das klingt jetzt so, als ob ich genug Zeit gehabt hätte, ihn einzuholen. Aber glauben Sie mir, ich hatte keine Chance. Er war weg. Stieß diesen bestimmten Laut aus und rannte los. Erst versuchte ich noch, ihm zu folgen, da ich annahm, er würde schnell aufgeben. Aber es ging durchs Gebüsch, rein in den Wald. Dieser war damals noch sehr dicht und mir wurde klar: Ich musste nun hier ausharren. Denn wie sonst sollte er mich wiederfinden.

Auch nach dreißig Minuten war Arko nicht zum Ausgangspunkt zurückgekommen. Sein Bellen konnte ich auch nicht mehr hören. Also beschloss ich, mich auf den Heimweg zu machen, Familie und Nachbarn zu alarmieren. Abgehetzt und außer Atem bog ich in unsere kleine Straße ein und blieb am Gartentor des Nachbarn stehen. Gerade wollte ich den Klingelknopf drücken, als mich der Nachbar von seiner schlecht einsehbaren Terrasse begrüßte:

„Na, da bist du ja. Wir warten schon auf dich."

Und da war er. Schwanzwedelnd und freudig tänzelte er den Gartenweg herunter: Arko. Er hatte sich auf den Heimweg gemacht und beim Nachbar war zum Glück die Gartentüre offen gewesen. Arko hatte sich zu ihm auf die Terrasse gesellt, sich an seinem Stuhl niedergelassen und gedöst. Ich hatte kein Handy dabei und schon alle möglichen Horrorszenarien im Kopf gehabt. Zum Glück war meine Aufregung umsonst gewesen. Es war noch mal alles gut gegangen.

Natürlich geht es auch anderen Hundemenschen so. Gerade hier auf dem

Land sind nicht immer alle Hunde den ganzen Tag im Haus. Da büxt schon mal einer aus dem Garten aus und macht einen Streifzug durchs Dorf. Im Großen und Ganzen weiß man ja, welcher Hund zu welcher Familie gehört und kann agieren. Bei einem meiner Spaziergänge an einem noch leicht frostigen Frühlingstag vor drei Jahren machte auch ich die Begegnung mit einem ausgebüxten Nachbarshund.

Seit einigen Jahren hatte ich es mir zur Angewohnheit gemacht, den Abendgang in einen Nachbarschaftsschwatz umzumünzen und sozusagen zwei Fliegen mit einer Klappe zu schlagen. Ich lud immer öfter meine Nachbarin zur Gassirunde ein. Sie freute sich über die Portion Frischluft und Sonne auf der Haut, wir tauschten uns darüber aus, was in den Familien so los war und welches Gerücht sich gerade in der Nachbarschaft breitmachte und Arko profitierte auch von den langen Spaziergängen. An diesem Tag nahmen wir wieder den Weg vorbei an den Wiesen, hinein in den Wald und dann die Abbiegung auf unseren ‚Königsberg‘. Dort gibt es einen spektakulären Blick in die Alpen und über den See.

Arko setzte sich auf einmal ständig hin und leckte sich die vordere rechte Pfote. Er leckte und lief, dann setzte er sich wieder und leckte und biss in die Unterseite der Pfote. Damit hatte ich Erfahrung. Es passierte hin und wieder, dass sich ein kleines Steinchen zwischen den Ballen versteckte oder ein Dorn sein Unwesen trieb. Also hielt ich den Hund fest, setzte mich, zog ihn rittlings auf meinen Schoß und inspizierte die Pfote.

Ich konnte nichts finden. So sehr ich auch mit den Fingerkuppen zwischen den Haaren und den Ballen hin und her fuhr – da war nichts. Arko hatte bald genug von meiner ‚Therapie‘, fing an zu strampeln und machte sich los. Er lief weiter. Anscheinend hatte es doch etwas geholfen. Aber nach nur zehn Metern stoppte er schon wieder. Wir hatten die Bergkuppe mittlerweile hinter uns gelassen und waren nun am Abstieg angelangt. Ich überlegte, wie ich mit dem Auto nahe genug heranfahren konnte, um Arko gegebenenfalls hier abzuholen, als er wieder ein paar Schritte lief. Aber das war es endgültig. Er legte sich hin, so richtig mit dem Hintern auf den Boden, die Vorderbeine lang und bewegte sich keinen Meter mehr.

Nochmals inspizierte ich den Fußballen, konnte aber wieder nichts finden. Ich hatte keine Wahl, ich würde ihn wohl tragen müssen. Zwanzig Kilo Hund sind an einem Berghang mit rutschigem Untergrund keine leichte Angelegenheit. Aber hatte ich eine Wahl? Nein. Ich hievte den Hund hoch und ging los. Immer wieder musste ich ihn absetzen und hoffte jedes Mal, dass er vielleicht selbst wieder laufen würde. Aber nein. Er ließ sich tragen. Also musste es sehr weh tun. Meine Gedanken kreisten bereits um die möglichen Ursachen und um die Öffnungszeiten der Tierklinik.

Just in dem Moment, in dem mir meine Nachbarin zur Ablenkung eine amüsante Geschichte von der Katze ihrer Tochter erzählte, sprang an mir ein großes schwarzes Etwas hoch. Ich behielt mühevoll die Kontrolle über meinen Stand und das Zwanzig-Kilo-Bündel in meinem Arm. Und schon wieder sprang mich von hinten dieser Hund an. Ich drehte mich und erkannte den schwarzen, leicht übergewichtigen Labrador eines Nachbarn.

Der Fakt, dass ich Arko auf dem Arm trug, spornte ihn immer wieder an, hochzuspringen und an ihm schnuppern zu wollen oder zu schnappen. In diesem Moment wusste ich das nicht so genau. Für mich hatte diese Situation etwas Bedrohliches. Ich fand mich wieder in einem meiner Horrorszenarien: ‚Großer Hund attackiert mich‘, und ich musste nicht nur mich, sondern auch Arko und die überforderte Nachbarin verteidigen.

Ich drehte mich mehrmals um mich selbst, konnte ihn so aber nicht abwimmeln, und setzte dann den verschreckten Arko ab. Der bewegte sich noch immer keinen Zentimeter, er blieb am Boden sitzen wie ein verwundetes Reh und ich hatte einige Mühe, den großen schwarzen Hund am Halsband zu greifen und von ihm wegzuziehen.

Guter Rat war nun teuer. Ich ging davon aus, dass sich der andere Hund nicht so einfach trollen würde, Arko wahrscheinlich verwundet war und ich gleichzeitig nicht beide Hunde in Schach halten konnte. Zumal der eine immer noch am Halsband zog und ganz klar mit Arko ‚spielen‘ wollte. Also entschied ich mich, den fremden Hund anzuleinen und heimzubringen. Meine Nachbarin sollte mit Arko im Wald bleiben, hoffend, dass er nicht hinter mir herlief. An die Leine nehmen konnte sie ihn ja nicht, die brauchte ich für den Rabauken.

Der Rabauke ließ sich ohne Anstrengung nach Hause bringen. Ich öffnete die Gartentüre und ließ ihn hinein, auf mein Klingeln antwortete keiner. Also war man vielleicht schon unterwegs, um ihn zu suchen. Aber da konnte ich jetzt auch nichts machen. Ich musste zurück in den Wald und Arko holen. Ich lief also, so schnell es ging, zurück an den abschüssigen Teil des Waldweges, an dem ich Arko und die Nachbarin zurückgelassen hatte.

Schon von Weitem erkannte ich, dass dort niemand mehr war. Hatte die Nachbarin Arko womöglich heimgetragen? Unwahrscheinlich. War er ausgebüxt? Trotz Schmerzen? Zum Glück war man von hier aus in knapp fünf Minuten bei uns daheim – und dort war er dann auch. Er saß mit der Nachbarin auf unserer Terrasse. Nach meinem abrupten Abgang mit dem fremden Hund war Arko humpelnd hinter mir her gehoppelt und die Nachbarin wiederum hatte ihn verfolgt. Den kurzen Augenblick, den er mich aus den Augen verlor, hatte die Nachbarin genutzt und Arko mit Leckerli und Rufen in die richtige Richtung gelotst.

Es war ihr unwohl bei dem Gedanken gewesen, dass sie nun mit ihm ohne Leine sehr nah an der großen Straße vorbeimusste, aber es hatte geklappt. Der Hund wusste genau, wie er heimkommt und hatte natürlich die Hoffnung gehabt, mich daheim vorzufinden. Haben wir jemals herausgefunden, was das Problem war, warum er humpelte? Nein. Ich weiß es bis heute nicht. Er lief einfach von jetzt auf gleich wieder normal.

Je älter Arko wurde, desto weniger Fährten nahm er auf oder verschwand. Er fing ab und an schon einmal an, zu bellen, legte auch einen Kurzsprint hin, aber sehr schnell stoppte er und gab sich der Einsicht hin, dass er weder Hase noch Reh je schnappen würde. So jedenfalls meine Interpretation.

Der Hund liegt auf der Kreuzung

Ein Beagle ist ein sturköpfiger Vierbeiner, der uns nur glauben macht, dass er folgt und unsere Anweisungen beachtet. Sollte man sich entschließen, einen Beagle in die Familie zu holen, so muss man schnell anerkennen, dass es ohne den Anreiz von Leckerlis nicht geht. Man erspart sich viel Frust, wenn man das beherzigt. Ein Mindestmaß an Folgsamkeit können Sie bei einem Beagle wie Arko mit fleißigem Training und jeder Menge Leckerlis hinbekommen. Aber manchmal will er einfach nicht hören. Irgendetwas ist da in seinem süßen Hundeschädel. Es ist stärker als Sie und Ihre Pläne.

Eines Tages ging ich für unsere Gassirunde zielstrebig mit ihm den Weg Richtung Wald und stellte auf einmal fest, dass die zehn Meter Leine abgerollt war und sich Widerstand bemerkbar machte. Normalerweise stand Hund dann an einer besonders interessanten Ecke, schnüffelte, ging zwei Schritte weiter, drehte sich ruckartig um und begann das Inspizieren noch mal von vorn. Heute aber saß Arko mitten auf der Kreuzung der Staatsstraße, und alles Ziehen, Rufen, Richtung-Deuten nützte nichts. Er lag da in Löwenposition: Hinterbeine lang, Vorderbeine teilweise aufgestellt, den stolzen Brustkorb gewölbt, Kopf von mir abgewandt und in Richtung seiner Begierde schauend. Doch dann sah er mir direkt in die Augen und sein Blick sagte:

„Ich will nicht dahin, wo du hingehst." Die Ohren hatte er angelegt, war völlig konzentriert. Nun gab es auf dieser Straße durchaus Verkehr, der auch schon mal schneller um die langgezogene Kurve brauste. Aber mein Hund war unbeeindruckt. Auch von mir, seiner nunmehr mit schnellen Schritten nahenden Meutechefin, war er nicht sehr beeindruckt. Sein Blick sagte jetzt:

„Und ob da diese Radfahrergruppe um mich rumfahren muss, ist mir doch egal. Ist Arkoland hier. Es geht um meinen Spaziergang, und ich will heute an den See. Nicht in den Wald."

Sollte ich weiter an der Leine zerren? Mit dem Resultat, dass er wahrscheinlich den Kopf aus dem Halsband raus zog und dabei seine empfindlichen Ohren verletzte? Sollte ich mich dazulegen? Ich war sauer und er bekam seinen Willen. Vor allem wohl auch, weil das Postauto jetzt hupend vor mir stand und die Fahrerin amüsiert vor sich hin grinste. Sie kannte Arko natürlich schon. Er begrüßte sie, wenn sie das Grundstück betrat, und wusste genau, in welcher Jackentasche ihre Leckerlis waren.

Wir machten uns also auf in Richtung See und mein Beaglerüde tänzelte fröhlich vor sich hin. Schwanzwippend und leichtfüßig lief er die Straße hinunter, und ich konnte ihn grinsen sehen.

Landschildkröte Fridolin

Unser Hund-Katze-Mensch-Haushalt war harmonisch. Hund kam gut mit Katze aus, Katze gut mit Hund, alle hatten miteinander Spaß. Es lief. Wer genau die Idee hatte, jetzt als Nächstes eine Schildkröte anzuschaffen, weiß ich nicht mehr. Ich weiß nur, dass ich vehement gegen eine Wasserschildkröte war, weil ich so was von keine Lust auf Terrarium-Säuberungen hatte.

Also bemühte ich mich, alles über Landschildkröten herauszubekommen. Aufzucht, Pflege, Unterbringung, Futter etc. Wie Sie nun schon wissen, ging das seinen gewohnten Gang, in dem ich mich belas, Foren besuchte, Leute mit Erfahrung im Netz befragte. Alles in allem klang das, was ich herausfand, okay für mich. Nicht zu anspruchsvoll, wenn man ein paar Vorsichtsmaßnahmen bezüglich des Außengeheges traf.

Wir hatten eine sonnige Ecke im Garten, die von der Terrasse super einsehbar war und die man mit einem horizontal angebrachten Staketenzaun gut sichern konnte. Dass man fünfzig Zentimeter in den Boden buddeln und eine Art Plastikrasenkante verlegen musste, damit sich die Schildkröte nicht darunter ins Freie buddeln konnte, fand ich anstrengend, aber ich machte mich an die Arbeit. Die Vorbereitung des Projektes ‚Schildkröte‘ dauerte eine ganze Weile, aber am Ende sollte ‚er‘ eine schöne Ecke mit

Rückzugs- und Klettermöglichkeit haben. Das Graben im festen Boden unseres Gartens, der am Rande einer ehemaligen Kiesgrube liegt, war kein Zuckerschlecken, aber andere Leute gehen zur körperlichen Ertüchtigung ins Fitness-Studio, und ich gehe einfach in den Garten.

Als das Projekt fertiggestellt war und jeden Designpreis für Kreativität und Funktionalität im Bereich ‚Haustier-Auslaufgehege' verdient gehabt hätte, begann ich, mich umzuhören. Es konnte ja nicht so schwer sein, eine Schildkröte zu finden, dachte ich. Aber weit gefehlt. Im Umkreis von 100 Kilometern gab es in keinem Tierheim, keiner Auffangstation eine Schildkröte.

Und dann kam Fridolin. Er schlich auf leisen und beachtlich schnellen Sohlen über unseren Gartenweg, geradewegs auf den schlafenden Hund zu und versuchte, ihn in den Schwanz zu beißen. Ich sah sprachlos zu und hatte die Nachbarn, die mit Freunden im Schlepptau von der anderen Seite der Terrasse auf mich zukamen, gar nicht wahrgenommen. Ich nahm die Schildkröte hoch, bevor sie sich am Schwanz von Arko zu schaffen machen konnte, während die Nachbarn alle durcheinander schnatterten.

Zusammengefasst: Die Mutter eines Freundes unserer Nachbarn war verstorben und hatte diese 63-jährige griechische Landschildkröte hinterlassen. Zufällig erzählten sie einander davon und unsere Nachbarn erwähnten, dass wir das perfekte Gehege für Fridolin hätten. So zog er bei uns ein.

Fridolin stellte alles ad absurdum, was wir über Landschildkröten gelesen hatten. Er buddelte nicht. Bis auf eine einzige Ausnahme, die dann wieder die Regel bestätigt! Er hat nie ausprobiert, ob er unter dem Zaun durchbuddeln konnte, obwohl das in jedem Ratgeber stand. Wahrscheinlich hat Fridolin diese Ratgeber nicht gelesen, sonst hätte er auch gewusst, dass man nie einen steilen Zaun raufklettert. Insbesondere, wenn man Schildkröte ist und einen ziemlich schweren ‚Rucksack' trägt, der sich bei jedem vertikalen Kletterversuch der Erdanziehung hingibt und Fridolin mit sich riss. Wir fanden ihn mehrmals in den nächsten Sommern in Rückenlage auf dem Panzer mit den Beinen in der Luft.

Fridolin fraß auch nicht allein. Anfangs dachten wir, es sei eine Marotte, die sich nach der Eingewöhnung legen würde. Aber weit gefehlt. Er wollte handgefüttert werden. Jedes Salatblatt, das er vertilgte, fraß er ausschließlich aus der Hand. Und so verbrachten wir reihum viel Zeit im Schildkröten-gehege bei der Wildtierfütterung. Unsere Bekannten hatten ‚vergessen', uns zu erzählen, dass Oma ihn ihr Leben lang handgefüttert hatte.

Außerdem war er ein von Schuhen besessener Schildkrötenmann. In Ermangelung weiblicher Präsenz machte sich Fridolin sehr gerne über Schuhe her. Sobald wir ihn aus dem Gehege nahmen, damit er im Garten herumstreifen konnte, steuerte er auf Schuhe zu, bestieg sie und ließ nicht locker, bevor man ihn vom Schuh wieder ‚abpflückte'. Dann war er wütend, schnaubte und machte sich schnurstracks auf den Weg zu einem der anderen Tiere. Arko und Dickie wurden von ihm regelmäßig in den Schwanz gebissen.

Es war nichts, was den beiden weh tun konnte, denn das Maul von Fridolin war viel zu klein und er bekam höchstens Haare zu fassen, aber die schiere Absicht ließ sein komisches Wesen erkennen.

Ausbruchsversuche aus dem Garten gehörten auch zu seinem Repertoire. Eines Nachmittags, ich war gerade beim Kochen, ging ich auf die Terrasse, um Kräuter zu schneiden. Da hörte ich auf dem angrenzenden Radweg zwei Männer reden.

„Hast du das gesehen? Das war doch eine Schildkröte, oder?"

Ich war alarmiert, ließ die Schere fallen und machte mich auf den Weg zur Straße. Und da war er. Fünfzig Meter vom Grundstück entfernt konnte ich etwas ausmachen, das wie ein laufender Stein aussah. Wohin er nur wollte? Ich sammelte Fridolin wieder ein und beauftragte die ganze Familie, nach dem Loch im Zaun zu suchen. Denn ein solches musste er offensichtlich gefunden haben, um rauszukommen. Meine Tochter hatte ihn aus dem Gehege gelassen, und dann hatte sie ihn über dem Lesen vergessen. Fridolin hatte diese Chance genutzt und das einzige Loch seines Lebens gebuddelt.

Viele Jahre später saß ich nachmittags wieder auf die Terrasse. Und da hörte ich diesen Radfahrer:

„Erinnerst du dich? Hier waren wir schon mal, vor Jahren. Da war da diese Schildkröte auf dem Weg." Ungelogen, genauso hat es sich zugetragen.

Momo, Amadeus, Fitz und all die Anderen

Hier möchte ich mit einem Missverständnis aufräumen, das Nicht-Hundemenschen in die Welt gesetzt haben: Wir Hundemenschen würden uns untereinander alle richtig gut kennen. Richtig ist lediglich: Wir sehen uns jeden Tag. Bei jedem Wetter.

In unserem Dorf trifft man um jede Uhrzeit eine andere Gruppe von Hundemenschen. Ganz früh am Morgen so gegen sechs Uhr die, die in die Stadt zur Arbeit müssen. Gegen sieben Uhr dreißig die Mamas, die später anfangen zu arbeiten, oder gerade die ganze Familie mit Frühstück versorgt, die Kinder an den Schulbus gebracht haben und nun vor der Arbeit auch noch den Hund versorgen. Gegen acht Uhr die Rentner und Selbstständigen. Gegen zehn die älteren Herren, die den ganzen Vormittag mit den Vierbeinern im Dorf unterwegs sind und von einem Bekannten zum anderen schlendern, oder Bäcker, Gemüsehändler und Gasthof (in der Reihenfolge) einen Besuch abstatten.

Wir sprechen miteinander, stehen im Rudel und tauschen uns aus. Nein, es ist eher eine Meute, denn wir haben keinen Anführer, wir sind autonom. Wir verabreden uns auch nie zum Gassigehen, das passiert einfach so. Und wir haben auch keinen Wortführer. Wir analysieren das Wetter, schimpfen über die sorgsam eingepackten (aber dann liegengelassenen) Hundehaufen an der Ecke, informieren uns über den neuesten Dorftratsch, bemitleiden die neuesten Leiden unserer Vierbeiner, haben kluge Ratschläge parat und gehen dann alle unserer Wege. Immer gibt es jemanden, der die bessere Wetter-App zur Verfügung hat oder die ultimative Hundejacke gefunden haben will. Man beäugt sich auch manchmal, stetig auf der Suche nach den wärmsten Gummistiefeln des Planeten oder den biologisch am besten abbaubaren Hundekotbeuteln.

Ein bisschen ist so ein morgendlicher Spaziergang auch wie ein tägliches Treffen in einem Buchclub. Nur, dass hier die Zusammenfassung des letzten Hundemagazins besprochen wird. Da gibt es den monatlichen Leitartikel (Momo traut sich seit Neuestem, den Cappuccino von Frauchen zu stibitzen) und die Tipps und Tricks zur Zeckenentfernung. Genau wie in jedem guten Ratgeber bespricht man die beste Methode zur Abwehr dieser Biester auch jedes Jahr wieder aufs Neue. Man philosophiert über die gesündeste Ernährung, die besten Hundespiele und berät sich gegenseitig, was rechtlich zu tun sei gegen das nächtliche Gekläff von Nachbars Streuner.

Der abendliche Spaziergang ist ganz anderer Art. Man trifft jeden Abend jemand anderes. Unser aller Berufs- und Familienleben ist nicht immer gleich, und so gehen viele von uns am Abend (vor allem im Sommer) zu den unterschiedlichsten Zeiten eine Hunderunde. Im Winter trifft man sich kurz vor dem Dunkelwerden, in der Abenddämmerung. Aber im Sommer, da hat es Zeit mit der letzten Runde. Da kann man zum Beispiel beim älteren Hund auch darauf warten, bis sich die Sonne dem Horizont nähert und der Gang weniger heiß und beschwerlich wird. Die Abendrunde ist meist geprägt von Informationen aus dem Tag. Man bespricht, was man erlebt hat, was man gehört hat, wie das Wetter morgen werden soll. Irgendwie ist auch der Hundemensch am Abend etwas genügsamer, ruhiger, weniger agil, vom Tagwerk ermüdet. Und er besteht seltener darauf, im ‚Buchclub' den Ton angeben zu müssen.

Wenn wir daheim von unseren Gassirunden erzählen, klingt das ungefähr so: „Also, Momos Mum hat heute eine interessante Geschichte von Husky Charly erzählt. Er war im Garten von Amadeus und dann kam Fitzes Frauchen gerade noch rechtzeitig, um zu verhindern, dass …"

Ich kenne alle Namen der Hunde, deren Alter, Geschlecht und Rasse, ihre Eigenarten, Vorlieben, und den einen oder anderen hat man schon mal beim Streunen auf der Straße aufgelesen. Da ist die Hündin, die ich wieder in ‚Doras' Haus gebracht habe. Wohlgemerkt: Der Hund im Haus heißt Dora. Die Namen der Hundemenschen kenne ich mittlerweile zwar auch von einigen (wenigen), aber sie sind immer untrennbar mit den Hunden verwoben. Wenn man mal jemanden trifft, ist die erste Frage: „Wo ist denn …?" Und man meint mit der Frage immer den Hund, nicht den jeweiligen Partner.

Fazit: Kennen wir Hundemenschen uns untereinander? Nicht wirklich! Also jedenfalls nicht beim Namen. Aber das Wichtigste an uns, das kennen wir: unsere Hunde. Das sagt eine Menge über uns aus. Also kennen wir uns doch? So ein wenig vielleicht?

Nimmersatt – oder das große Fressen

Über das Fressen und den Beagle könnte man ein separates Buch schreiben. Aber eigentlich ist das Wort falsch. Der Beagle frisst nicht. Er inhaliert. Er nimmt Futter wie ein Staubsauger auf. Kein Futternapf, der nicht in Sekunden leer war. Ich glaube, ich habe Arko nie kauen sehen. Arko war wie ein Staubsaugerrohr. Essbares, besonders das aus dem Napf, wurde schwuppdiwupp eingesaugt, rein in den Schlund und runter damit. ‚Könnt ja sein, es frisst mir jemand etwas weg!'

Lange haben wir nach den richtigen ‚Zwischenmahlzeiten' (Leckerlis) gesucht, mit denen er etwas länger beschäftigt war. Kausticks, die auch noch prima für die Zahnpflege waren, haben dann ihren Zweck gut erfüllt. Daran hat er sich eine Weile abgearbeitet. Wichtig war, ihm dieses Leckerlis nur dann zu geben, wenn er längere Zeit nicht nach draußen kam. Also, bevor man das Haus verließ, zum Beispiel. Denn sonst fiel es seinem Tick zum Opfer: Bestimmte Leckerli vergrub er im Garten und buddelte sie erst dann wieder aus, um sie aufs Sofa zu schleppen, wenn sie halb verwest waren.

Ich bin der festen Überzeugung, ein Beagle würde sich zu Tode fressen, wenn man ihn ließe. Ich kenne Hunde in unserer Nachbarschaft, die fressen nur so viel, wie sie Hunger haben und lassen den Rest stehen. Und auch Arko kannte seine Artgenossen mit dieser doch wirklich eigenartigen Angewohnheit. Es war jeden Morgen eine Art Dompteurversuch für mich, am Grundstück unserer Nachbarn mit dem Hütehundemix Amadeus vorbeizukommen. Denn Arko wusste um das Fressverhalten von Amadeus. Und er wollte rein. Rein in den Garten, zielstrebig und pfeilschnell in die Küche und ran ans Futter vom ‚Freund'. Amadeus stand dabei und schien unmerklich den Kopf zu schütteln, wenn ich endlich, außer Puste vom morgendlichen Sprint, in der Küche ankam. Zum Glück sind unsere Nachbarn auch Hundemenschen, Tierliebhaber und liebe Freunde, und sie amüsierten sich jedes Mal, wie schnell Arko das Futter aufsaugte. Nach getaner Arbeit schaute er auf und tänzelte zufrieden nach draußen. Allerdings nicht, ohne zu prüfen, ob die Katze vielleicht auch noch etwas übriggelassen hatte. Und das hatte sie manchmal! Nach seinem zweiten Frühstück wartete er dann ungeduldig am Gartentor auf mich: „Komm schon, spazieren gehen!" Den angebotenen Kaffee hab ich meistens nicht trinken können!

DER GOURMET

Jeden Sommer veranstalten wir ein großes Grillfest. Alle Gäste waren seit Jahr und Tag eingeschworen, nichts Essbares in Hundeschnüffelhöhe aufzubewahren, Reste in den vorgesehenen Eimer mit (gut verschließbarem) Deckel zu entsorgen und Arko ja nicht zu füttern. Mochte er auch noch so betteln. Denn er vertrug ‚Menschenfutter' einfach nicht. Und doch schaffte er es, mindestens einen Besucher dazu zu überreden, nachzufragen:

„Hat denn der arme Hund auch schon was zu fressen bekommen? Er schaut ja so leidend und hungrig aus."

Beaglemann Arko setzte dann diesen Blick auf, legte die Ohren an und starrte dich an, ohne auch nur einmal zu zwinkern. Bis du nachgeben wolltest. Aber nein, wir durften nicht nachgeben, sonst war nicht nur die Nachtruhe des Hundes gestört, sondern auch wir mussten sechs Mal mit ihm raus, weil es ihm schlecht ging, sein Darm verrücktspielte und er zu therapeutischen Zwecken das ganze lange Gras abfraß.

Eines wunderbaren Tages stibitzte sich der elegante drahtige sechsjährige Beaglerüde Arko eine Wurst. Er haute seine Zähne rein, rannte ans andere Ende des Gartens und ließ sich nieder. Was dann passierte, war noch nie vorgekommen. Er spuckte die Wurst wieder aus, nahm sie erst zwischen die Vorderpfoten, dann zwischen die Vorderzähne wie ein rohes Ei, trug sie an unseren Tisch heran, legte sie pikiert auf die Wiese und starrte sie stirnrunzelnd an. Der Hund musste krank sein. Während wir alle noch rätselten, was in unseren Beagle gefahren war, kam meine Tochter um die Ecke, warf sich prustend neben ihren Liebling ins Gras, kraulte ihn hinter den Ohren und sagte:

„Yepp, du hast sowas von recht. Diese Veggiewurst ist echt schlecht. Die kaufen wir nie wieder!" Ein Gourmet eben. Sag ich doch.

HINWEISSCHILDER UND TREUE AUGEN

Ich kenne keine Beaglefamilie, die den Hund nicht auch schon mehrmals am Tag gefüttert hätte. Also, mehr als zweimal. Und das nicht aus medizinischen Gründen oder der Einteilung wegen.

In manchen Familien ist ja nur einer für die Fütterung der Vierbeiner zuständig. Das ging bei uns nicht, dafür waren unsere Tagesabläufe nicht geeignet. Bei uns fütterte, wer auch immer zu gegebener Zeit daheim war. Und das führte dazu, dass Arko schnell merkte: Da konnte man schummeln.

Er hatte eine sehr überzeugende Begabung, uns weiszumachen, dass er noch nicht gefüttert war. Er lag in der Küche und stupste den Napf an, fiepte und suggerierte dir mit feuchten Augen den totalen Weltschmerz. Da dachte man wirklich: „Upps, haben die Kinder vorhin vergessen, ihn zu füttern? Armer Hund!" Erst am Abend beim gemeinsamen Essen kam die Sprache wieder auf das Thema. Mama wollte schon mit erhobenem Zeigefinger den Nachwuchs ermahnen, als ein breites Lächeln in Richtung Arko und ein Kopfschütteln mit Losprusten klarstellte: „Er hat dich an der Nase rumgeführt."

Nachdem wir ihn mehrmals doppelt gefüttert hatten, durchschauten wir den Schlaumeier und arbeiteten mit Schildern. Laminierte kleine Kunstwerke unserer Tochter mit der Aufschrift:

„Er veräppelt dich. Er hat gefressen" oder „Der König hat noch nicht gefressen", legten wir nach dem Füttern in der Küche auf die Anrichte, damit der Rest von uns wusste, ob Beaglemann sein Mahl schon zu sich genommen hatte oder nicht. Von da an gab es nur noch Irritationen, wenn einer mal vergaß, das entsprechende Schild rauszulegen.

DAS SEEUFER IM SOMMER & STEAKS VOM GRILL

Im Sommer ist der Spaziergang mit einem Beagle am See oder im Park wunderbar, aber manchmal eine wahre Herausforderung. Viele Jahre lang wanderten wir mit Arko am See immer ohne Leine, er liebte die Ausflüge am schattigen Ufer, streunte in den Büschen und im Schilfgras herum, und auf den kleinen Wiesen gab es so allerlei Leckereien zu finden.

Immerhin kommen die Menschen aus den Städten zu uns an den See und baden, fahren Boot oder genießen einfach nur einen schönen Sonnenuntergang. Dabei landet so mancher Kekskrümel im Gras und auch das eine oder andere Butterbrotpapier ist hier zu finden. Für die kleine hochsensible Beaglenase roch das alles extrem gut und war zum Abschlecken perfekt. Wenn dann aber eine picknickende Familie auftauchte, konnte ich oft nicht schnell genug die Leine zücken.

Na ja, zücken vielleicht schon, aber an den Hund ranzukommen, war ein

Unterfangen, das mir selten gelang. Die Hundeschnauze tauchte zielsicher und pfeilschnell in so allerlei Strandtaschen, Picknickkörbe oder Bäckertüten ein. Mindestens ein weinendes Kind musste ich beruhigen, dem er sanft (das konnte er wirklich gut) die Eistüte aus den Patschhändchen gestohlen hatte. So manche junge Mutter war nicht entzückt, wenn er mit einer Wurstsemmel auf und davon rannte. Ich verstehe das wirklich gut und habe mich auch immer artig entschuldigt. Innerlich hab ich so manches Mal gelacht und meinen Hund ob seiner Schnelligkeit und Wendigkeit gelobt. Es geht mir noch immer nicht in den Kopf, dass es Menschen gibt, die sich von so einem lapidaren Zwischenfall aus dem Konzept bringen lassen. Oft vergessen sie dann auch die gute Kinderstube und beschimpfen den Hundemenschen nicht gerade fein. Für mich ist mein Hund sein ganzes Leben lang immer mein ‚Baby' gewesen, und wie man so einem kleinen liebevollen Wesen derart viel Hass entgegenbringen kann, verstehe ich nicht.

So mancher Nicht-Hundemensch schert alle Hundemenschen über einen Kamm, und auch alle Hunde werden in einen Topf geworfen. Wenn ein Haufen auf der Straße liegenbleibt und der Nicht-Hundemensch in einen solchen tritt, dann sind gleich alle Hundemenschen verantwortungslos. Ja, leider findet man oft Hundehaufen, und mich ärgert das auch, aber kann man deshalb gleich alle Hundemenschen verurteilen? Benimmt sich ein Hund schräg und aggressiv, dann sind alle Hunde schmutzig und angriffslustig.

Es kommt darauf an, wie ein Hund erzogen wird, welche Aufmerksamkeit er bekommt, wie man ihn hält, wie er umsorgt wird. Denn eines ist sicher: Hunde, die in ihrer Menschenfamilie Aggressivität erfahren, geschlagen werden oder die nur ‚mitlaufen', die benehmen sich nun mal entsprechend. Es ist der Hundehalter (und ich verwende dieses Wort hier mit Bedacht), der großen Einfluss auf das Benehmen seines Tieres hat.

Eine andere Begebenheit am See war wirklich richtig witzig. Wir waren schon eine Weile unterwegs und mein Beaglemann trottete ziemlich ruhig über den Pfad am Wasser. Dann verschwand er kurz aus meinem Blickwinkel, und als ich um die nächste Biegung kam, sah ich meinen Hund mit einem Steak im Maul im Unterholz verschwinden. Auf der kleinen Grünfläche neben dem Pfad saßen zwei ältere Pärchen an einem Picknickgrill. Die Männer lachend mit einem Bier in der Hand, die Frauen unisono zeternd und wild gestikulierend in Richtung meines Hundes. Und dann brach es auch schon auf mich herein. Das Gewitter an weiblichen Vorwürfen, Hinweisen und Verhaltensmaßregeln für den unmöglichen, unerzogenen Hund. Die beiden Männer schmunzelten und geboten den Damen einhellig und humorvoll Einhalt:

„Hey, entspannt euch, wenn er so fix und behände das Steak vom Grill holen kann, ohne sich die Nase zu verbrennen, soll er es haben. Er hat sich's verdient." Das ging noch mal gut.

WEIHNACHTSBIER

Als Arko noch ziemlich jung und neugierig war, schenkte uns mein Nachbar einmal eine Makroflasche Weihnachtsbier einer lokalen Brauerei. Drei Liter Bier trinkt man nicht allein, also wollten wir sie für einen Abend mit Freunden aufheben. Ich stellte die Flasche draußen auf den Boden der Terrasse und vergaß sie.

Einige Tage später kam ich heim und fand meinen treuen Begleiter aufgeregt im Wohnzimmer hin und her tigern. Es war nicht die übliche Begrüßungszeremonie, die ihn packte, wenn wir heimkamen. Irgendwie fand er keine Ruhe, legte sich nicht zum Schlafen, wanderte von Terrassentür zu Terrassentür, raus in den Flur, wieder zur bodentiefen Tür. Ein untrügliches Anzeichen, dass etwas nicht stimmte. Meistens war es dann sein Darm, der ihn (und uns) in jungen Jahren öfter auf Trab hielt. Also ließ ich ihn erst einmal in den Garten raus, vielleicht musste er sich nur erleichtern.

Beim Schließen der Tür sah ich das Malheur. In der Nacht zuvor hatte es einen starken Temperaturabfall gegeben. Die Bierflasche war gesprungen und durch einen feinen Riss war Bier ausgetreten, heraus geschäumt und sofort gefroren. An der Flasche war ein Haufen gefrorenes Bier und in dieses Häufchen hatte eine flinke Hundezunge ein beachtliches Loch geleckt.

Der Schreck saß mir ziemlich in den Knochen. Mein Beagle hatte Bier getrunken, deshalb war er so unruhig. Ich machte mir schlimme Vorwürfe und griff sofort zum Telefon. Unsere Tierärztin war weniger beunruhigt als ich, sie war sogar ziemlich amüsiert und versicherte mir, dass ihm bei der Menge nichts passieren konnte.

Den ganzen Abend beobachtete ich ihn mit sorgenvollem Blick und war ziemlich erleichtert, als er sich endlich auf seinem Kissen niederließ und seinen Rausch ausschlief.

DIE KIRSCHEN IN NACHBARS GARTEN

Es war zu der Zeit, als eine junge Familie mit Kind und Golden Retriever bei uns nebenan wohnte. Die Hunde konnten zwischen den Grundstücken frei hin und her, da es damals keinen trennenden Zaun gab.

An einem strahlenden Sonntagmorgen war unser Beagle komischerweise nicht in der Nähe unseres Frühstückstisches zu sehen, auch auf dem Holzboden im Haus hörte ich keine Krallen klicken. Bevor ich die Frage nach dem Verbleib unseres Hundes stellen konnte, hechtete ein schwarz-weiß-brauner, unheimlich schneller Beagle von rechts um die Hausecke und ich konnte bei seinem Vorbeiflug ein rundes weißes Etwas in seinem Maul erkennen.

Bevor ich aus dem Stuhl war, um hinterherzurennen, japste es um die gleiche Hausecke wie zuvor und der Nachbar erschien. Mit hochrotem Gesicht und sichtlich verärgert presste er hervor:

„Er hat meinen Camembert. Einfach vom Tisch geklaut."

Sprach's und rannte weiter. Kaum da, war er um die linke Hausecke wieder verschwunden. Immer hinter dem Hund her. Bevor ich mich versah, kam unser Hund wieder, schmatzte, ließ sich auf den Rasen plumpsen und tat völlig unbeteiligt.

Den Nachbarn konnte ich beruhigen. Den Käse haben wir ersetzt. Dennoch frage ich mich bis heute: Was wollte er mit dem Käse aus dem Maul des Hundes machen? Essen?

Omm-Momente voller Liebe

Für einen Hundemenschen gibt es Erlebnisse mit dem Hund, die für immer in uns weiterklingen. Begebenheiten, die nie verblassen. Diese besonderen Momente, Gerüche, Begebenheiten prägen sich in unser Herz ein, in unser Gedächtnis, und wir können sie problemlos abrufen.

Ich nenne sie ‚Omm-Momente‘. Man ist bei sich, ganz im Hier und Jetzt.

Ich hätte nie gedacht, dass mir solch ein Zusammengehörigkeitsgefühl, solch bedingungslose Liebe und Zuneigung nach der Geburt meiner Töchter und dem Finden der Liebe meines Lebens noch einmal zuteilwerden könnte.

Aber Arko vom Orlagrund hat mich (und meinen nie enden wollenden Vorrat an Leckerli) sehr geliebt. Und ich ihn. Wir haben unzählige ‚Omm-Momente‘ erlebt.

OMM, DIE ERSTE ODER: WIR KÖNNEN UNS GUT RIECHEN

Meine ganze Familie findet dieses Kapitel komisch, denn meine Affinität zu Arkos Pfoten halten sie für schräg. Ich mochte seine Pfoten nun mal. Nicht nur, wie sie aussahen. Dick und rund, wie die eines jungen Hundes, sondern auch, wie sie sich anfühlten. Oben samtig und an der Unterseite rau. Und dann war da noch dieser spezielle Arko-Geruch seiner Pfoten. Beim Menschen sagt man ja auch: „Man kann sich gut riechen." Und für unseren Beagle traf das genauso zu. Ich liebte den Geruch seiner Pfoten. Je nachdem, wo er rumgerannt war, legte sich über den Originalduft im besten Falle ein Hauch von frischem Gras, Straßenstaub oder Erde. Aber an den Abenden, wenn er schon stundenlang nirgendwo anders gewesen war als daheim, rochen seine Pfoten ein ganz klein wenig nach Kleinkind für mich. Alle anderen meinten, es wäre mehr wie ein leichter Schweißgeruch, aber das stimmt nicht. Es war Vanille, gemischt mit Zigarrenrauch, angereichert mit Erde und nussigen Elementen. Nun könnte man meinen, mein Geruchssinn sei genau wie der eines Hundes sehr empfindsam. Und ja, das ist wahr. Heute würde ich es lieben, den Geruch seiner Pfoten noch einmal wahrnehmen zu können.

OMM, DIE ZWEITE ODER: „OH, WIE WEICH!"

Wenn wir schon einmal bei den sinnlichen Momenten, den ‚Omm-Momenten' sind, dann erzähle ich auch zu gerne über Arkos samtiges Fell. Für Nicht-Hundemenschen riechen alle Hunde gleich. „Die riechen nicht gut" oder „Die stinken doch", das sind noch die besten Sachen, die wir uns anhören dürfen. Und ja, es gibt durchaus Hunderassen, die immer ein wenig ‚müffeln'. Also mehr oder weniger schlecht riechen oder eben stinken. Für alle anderen gilt wie auch bei uns Menschen, dass eine regelmäßige und hingebungsvolle Fellpflege durchaus einen positiven Einfluss auf den ‚Duft' hat, den der Hund verströmt.

Außerdem gibt es Hundemenschen, die darauf schwören, dass die Ernährung Einfluss hätte. Die einen meinen, ein strengerer Geruch läge am Nassfutter, die anderen glauben, eine vegetarische Ernährung wirke sich positiv auf den Geruch eines Hundes aus. Fakt ist: Hund ist Hund und riecht nun mal nicht wie Mensch, obwohl es da auch nicht immer nur nach Rosen duftet.

Unser Liebling hatte ein samtiges weiches Fell und nicht wie manch andere Beagle ein störrisches borstiges Haarkleid. Wir haben ihn ständig gebürstet, eigentlich fast jeden Tag nach dem Spaziergang. Er hat es sehr geliebt und wir konnten bei der Gelegenheit auch die Zecken absammeln, die sich im Gras auf ihn hatten fallenlassen. Außerdem glaube ich, dass sich unser ständiges Kraulen und Streicheln auch positiv auswirkte. Dadurch wurden seine Talgdrüsen angeregt und auch unser Hautfett übertrug sich so auf das Hundefell.

Besonders weich war das Fell an seinen Ohren, diesen samtig anmutenden dünnen Schlappohren, die so anfällig waren für das Platzen von Äderchen im Inneren des Ohrlappens. Nicht nur einmal mussten wir Blutsäckchen eröffnen lassen, die bei zu starkem Kopfschütteln entstanden waren. Dies geschah leider fast immer nur dann, wenn Arko eine Ohrinfektion hatte. Der Beagle ist durch die schlechte Belüftung des Ohrganges leider sehr anfällig dafür. Milben oder Hefepilze nisten sich im Gehörgang vor dem Trommelfell ein, und die Ohrenpflege ist beim Beagle ein Leben lang die Aufgabe von uns Hundemenschen. Wenn man sich nicht darum kümmert, hat der Beagle wirklich Schmerzen und kann sogar sein Gehör verlieren.

„Oh, fühlt sich das weich an" – diese spontane Reaktion erlebt man sehr oft, wenn man mit einem Beagle unterwegs ist. Denn er lässt sich gerne kraulen, und wer dann die Ohren erwischt, der ist verzückt. Mit Arko konnte man immer schmusen, dafür hatte er immer Zeit. Apropos Schmusen. Nicht jeder Mensch verträgt Tierhaare. Es gibt durchaus Allergien. Auch in unserer Familie gab es Probleme damit. Nach einigen Jahren erst habe ich eine Kontaktallergie entwickelt, die nur Körperteile betraf, die dem Hund selten ausgesetzt waren. Meine Hände und Unterarme waren okay, aber mein Gesicht reagierte mit heftigem Jucken und Ausschlag.

Meine Tochter entwickelte die Kontaktallergie erst, nachdem sie für ihr Studium ihr Zuhause verließ. Wenn sie nach Wochen heimkam und mit „ihrem Bubu" schmuste, ihr Gesicht in seinen Bauch presste, ihn abküsste und knuddelte, bekam sie einen roten, stark juckenden Ausschlag am Kinn und rote Flecken auf den Wangen.

Auf die Frage, warum sie denn nicht einfach aufhörte, sich dem Fell des Hundes auszusetzen, antwortete sie entrüstet:

„Niemals, ich kann nicht heimkommen, ohne ihn zu knuddeln. Er ist doch sooo weich!"

OMM, DIE DRITTE ODER: MEIN MAGISCHER LIEBLINGSMOMENT

An einem Frühlingsmorgen, der schöner nicht sein konnte, machten wir uns auf zu unserer Frührunde am See. Die Luft war noch frisch, aber wir konnten die ersten Vorboten eines sonnigen Tages schon spüren. Schnell trugen die kurzen kräftigen Beaglebeine unseren Arko den Weg entlang der Häuser und Vorgärten in Richtung Wiesenweg.

Mit jedem Schritt streifte ich die Gedanken an meinen heutigen Alltag ab und konnte die Schönheit dieses neuen Morgens sehen. Mit einem jungen Hund an deiner Seite erfährst du noch einmal alle möglichen Wunder. Auch all die Dinge, die du schon vergessen hast, sie kommen wieder. Es ist, als ob ein Kästchen in unserem Gehirn geöffnet wird und heraus tröpfeln die Erinnerungen an die ersten Male. Man erinnert sich wieder. Genau, wie man mit Kindern die Wunder des Lebens noch mal erlebt, erlebt man sie mit einem jungen Hund auch ein weiteres Mal.

Der erste Maulwurfhügel, das erste Reh, das seinen Weg kreuzt. Das erste Mal Salzwasser lecken und im Sand rennen. Der erste vergammelte Fisch oder die ersten Wellen. Das erste Mal an der Schleppleine, der erste wütende Nachbarhund hinter einem Zaun. Das erste Mal baden. All das ist wunderbar.

Und dann sind da die Wunder der Natur, die man ohne frühes oder spätes Gassigehen nicht gesehen, gefühlt oder gerochen hätte. Der Morgennebel, der über dem See unter mir liegt und der sich schon verzogen gehabt hätte, wenn ich später am Tag hier vorbeigekommen wäre. Der Tau auf den Wiesen, der wie Millionen kleiner Edelsteine glitzert und den die Sonne schon fleißig von den grünen Halmen leckt. Der knirschende Neuschnee, durchzogen von Tierspuren der Nacht, die in einer Stunde von anderen Hundemenschen niedergetrampelt sein werden. Aber zurück zu unserem Spaziergang.

Unser Weg wurde früher von Pferdegespannen befahren und seinen Rand säumen an beiden Seiten uralte große Bäume und grüne Weiden. Große braunweiß gefleckte Kühe stehen auf der Wiese und genießen das erste saftige Gras.

Ich glaube, Arko mochte diese Kühe. Wann immer er schwanzwedelnd am Zaun stand, kam Bewegung in die Herde. Langsam, aber zielstrebig kamen die Rindviecher näher und begutachteten den kleinen Vierbeiner. Seine Farben waren denen der Kühe ziemlich ähnlich, und er stand noch immer unbeeindruckt und schaute zu, wie sich die großen Tiere näherten.

Es wurden immer mehr. Bei den ersten Begegnungen war ich etwas unsicher, aber mittlerweile wusste ich, dass sie uns nichts tun würden. Sie schauten Arko an. Eine muhte, andere schüttelten den massigen Schädel. Arko betrachtete sie interessiert, witterte mit erhobener Nase und trottete nach einer Weile gelassen weiter. Hinter uns löste sich die kleine Versammlung wieder auf. Es war ein anrührendes Bild.

Am heutigen Morgen konnte Arko ohne Leine laufen, die Radfahrer, die oft hier entlangkamen, saßen noch daheim beim Frühstück und so war keiner in Gefahr.

Kurz vor dem nächsten Ort verließen wir den Weg und liefen in Richtung See. Der Wind frischte etwas auf, je näher wir dem Wasser kamen. Arko nahm Fahrt auf, er lief in freudiger Erwartung, seine Beine trugen ihn schneller, seine weiße Schwanzspitze hüpfte vergnügt, und wie so oft dachte ich:

„Jetzt rennt er in den See und badet. Endlich."

Weit gefehlt. Kurz vor dem Wasser am seichten Ufer warf er die imaginäre Bremse rein, stand da und prüfte erst einmal eindringlich die Höhe der Wellen. Dazu reckte er den Hals nach vorn, die Nase ging hin und her und es sah so aus, als könne er das kühle Nass riechen. Aber Wellen mochte er halt nicht. Wenn sich der See bewegte, ging Beaglemann nicht hinein. Da konnte ja ein Ungeheuer lauern, das man nicht sah.

Doch an diesem Tag war es ruhig und so konnte er wenigstens genüsslich trinken, denn die Wasserqualität war gut. Wir liefen nun am Seeufer unter hoch gewachsenen Büschen und Bäumen auf einem schmalen Pfad entlang. Rechts von uns das Wasser, von dem wir nur durch den Schilfgürtel getrennt waren oder von Weidenbüschen mit den ersten grünen Spitzen. Links Grundstückszäune, Dickicht und alte Eichen. Es ging über Stock und Stein, durch Matsch und über Wurzeln. Hier gab es so viel zu schnuppern. Hier konnte man sein. Hund sein. Keine Gefahren durch Autos oder Radfahrer, keine anderen Hunde so früh am Morgen, die uns ablenkten. „Es ist paradiesisch!", schien mir Arko zuzurufen, wenn er sich ab und an prüfend nach mir umsah.

Nun erreichten wir ‚meinen' Steg. Halb versteckt zwischen der Uferbegrünung ragte er zirka fünfzehn Meter in das Wasser hinein und bot einen grandiosen Ausblick auf den ruhig daliegenden, in der Sonne glitzernden See. Früh am Morgen waren nur ein paar wenige Fischer unterwegs, die Dampfer fuhren noch nicht, und so war es auf wundersame Weise sehr friedlich. Ich legte meine Jacke und die Leine ab und begann eine Runde Qigong-Übungen. Einatmen, ausatmen, schwungvolle konzentrierte Bewegungen in klarer Luft. Meine Hände klatschten alle meine Gliedmaßen ab. Da erschien Arko und schaute, was ich machte.

Er stand kurz da, befand alles für normal und verschwand wieder im Ufergebüsch. So ging das für 15 Minuten. Jeder von uns war in seiner Welt. Ich atmete den neuen Tag ein, Arko las Zeitung. Immer wieder kam er vorbei und schaute nach mir. Ich wusste, er würde ohne mich nicht weiterlaufen.

Wenn Arko dann meinte, ich hätte genug geatmet, kam er auf den Steg gehoppelt. Er lief ganz nach vorn, drehte sich zu mir um und hob seinen schönen Kopf und die Nase in den Wind. Es war, als ob er mir sagen wollte, wie schön es sei. Hier und jetzt mit uns beiden und mit den Wundern der Welt. Seine wie mit schwarzem Kajal perfekt umrandeten braunen Augen ließen mich tief in seine Seele blicken. Er schaute mich an und es war wie eine Umarmung. Ich konnte genau sehen, wie es ihm ging. Ob er angespannt war oder froh. Hatte er Längsfalten im Gesicht, dann ging es ihm nicht gut. Aber heute war alles wunderbar. Die Querfalten auf seiner Stirn waren entspannt und seine Ohren zeigten volle Aufmerksamkeit.

Ich schlüpfte in meine Jacke, setzte mich an den Rand vom Steg, ließ die Beine baumeln und legte meine linke Hand neben mich auf die Planken. Arko kam näher, setzte sich dahin, wo meine Hand war. Nach einigen Sekunden lehnte er sich fast unmerklich an meine Seite, und dann schauten wir beide noch ein wenig übers Wasser.

Probleme gibt es nicht

Man kann auf Probleme mit Haare raufen reagieren oder sie als Herausforderung ansehen. In unserer Familie machen wir beides. Ab und an raufen wir uns die Haare und denken: „Wie kriegen wir das jetzt wieder hin?", aber im Großen und Ganzen versuchen wir, den Dingen ihren Charme abzuringen. Damit sind wir bei der Kindererziehung und auch bei der Hundeerziehung ganz gut gefahren. Im Laufe eines Hundelebens gibt es so manche Herausforderung, aber Probleme? Nein, Probleme wollten wir nicht. Also haben wir immer und für alles eine Lösung gesucht. Wie in der Kindererziehung.

VON AUFSTIEGSHILFEN & RUTSCHHEMMERN

Im Frühling von Arkos zwölftem Lebensjahr besuchte uns mein Bruder. Er liebte Arko und Arko liebte ihn. Die beiden hatten eine unerklärliche Beziehung. So wie damals mit Golo. Bei meinem Bruder folgte Arko immer. Er gehorchte, wenn mein Bruder „Sitz!" sagte. Er blieb, wenn er dieses Kommando bekam. Mein Bruder schmuste mit ihm und beide tobten wie wild im Garten herum. Er tat alles, was ein guter ‚Onkel' halt so tut, und die beiden konnte man bedenkenlos auch ohne Leine zum Waldspaziergang schicken. Diese sehr natürliche Autorität, die mein Bruder versprüht, die aber liebevoll und zugänglich, sowie fordernd und intensiv zugleich ist, hat bei Arko immer gewirkt. Und so hörte ich ihm sehr genau zu, als er kurz nach seiner Ankunft sagte:

„Mit Arko stimmt was nicht, irgendwie schaut er grau aus im Gesicht, er bewegt sich so verhalten, er scheint nicht in der besten Verfassung zu sein."

Dass Arko in den letzten Wochen etwas langsamer gewesen war und auch nicht so agil wie sonst, war mir schon aufgefallen, aber dass er auch schlecht aussah, war mir nicht bewusst. Vor etwa einem Monat hatte er nach einem heftigen Jagdspiel auf der Wiese mit drei größeren Hunden Rückenschmerzen bekommen. Er hatte sich am unteren Rücken nicht anfassen, geschweige denn bürsten lassen und bewegte sich ausnehmend behutsam. Die Treppen war er langsam und mit Bedacht gehoppelt. Aber das war, auch Dank guter Medikation, nun langsam besser geworden, dachte ich.

„Du siehst ihn jeden Tag, da fällt dir das nicht so auf", antwortete mein Bruder.

Damit hatte er wohl recht. Wir beobachteten Arko den ganzen Tag aufmerksam und bemerkten, dass er nicht mehr auf die Couch sprang. Er stand davor, prüfte, ob ihn jemand sah und ihm helfen könnte, drehte sich um, wenn niemand aufstand, und begab sich in sein ebenerdig liegendes Hundebett. Dort plumpste er nicht hin wie sonst, sondern legte sich mit Bedacht nieder, rollte sich ein und begann zu schnarchen.

Wir beide verschwanden in den Keller und mein Bruder zauberte aus ein paar alten Brettern und etwas Fußbodenbelag eine rutschfeste Stufe, die wir stolz vor dem Sofa platzierten. Das nächste Mal trat Arko dann zwar mit den Vorderpfoten auf die Stufe, aber dass er sie so nutzen würde, wie die Stufe auf der Treppe, das geschah nicht. Er sah sich nach uns um, schnaufte und begab sich wieder in sein ebenerdiges Bett. Am Abend hoben wir ihn dann auf die Couch und er verkroch sich in seine angestammte Ecke.

Gleich morgen früh wollten wir ihm eine Stufe bauen, auf der der ganze Kerl mit beiden Beinen stehen konnte. Und sie sollte nicht auch nur im Ansatz wackeln oder rutschen. Gesagt, getan. Ich hatte noch ein quadratisches Regalbrett von der schwedischen Möbelfirma übrig und mein talentierter Bruder schraubte Füße drunter und passte den Fußbodenbelag an. Sehr gespannt stellten wir unser Bauwerk vor die Couch und wurden noch am selben Abend für unsere Mühe belohnt.

Arko tat so, als ob diese ‚Aufstiegshilfe' schon immer dagestanden hätte. Er benahm sich wie ein Mann in gesetztem Alter, der seinen Gehstock schwingt, als ob es das tollste Accessoire sei, was er je besessen habe. Er schlenderte auf die Couch zu, zögerte nicht auch nur den Bruchteil einer Sekunde und bestieg majestätisch die Couch. Ich behaupte nach wie vor, dass er uns angegrinst hat mit diesem Schalk in seinen braunen Beagleaugen und sagte:

„Na endlich, das hat ja gedauert. So könnt's von nun an gehen."

Natürlich haben wir in den kommenden Tagen auch vor unser großes Bett noch eine dicke Baumscheibe gelegt, über die er nun ohne Probleme ein- und aussteigen konnte. Und als er diese Hilfen dann so toll angenommen hatte, fragte ich mich, warum ich die vergangenen sechs Monate nachts mehrmals aufgestanden war, um Arko ins Bett zu heben. Irgendwie war mir das nicht eingefallen.

In seinem letzten Lebensjahr war unser Babyboy zwar immer noch toll anzusehen, aber wer ihn besser kannte, dem fiel auf, dass er an Muskelmasse verlor. Die Hinterläufe und Pobacken, früher kräftig und muskulös, wurden schlanker. Der Brustkorb, früher vorgewölbt und sehr stark, war nun flacher, das Fell darauf nicht mehr gespannt. Seine ‚Felljacke' war ihm praktisch zu groß geworden. Er war zwar noch immer aktiv, aber die Rundgänge wurden kürzer und längere Spaziergänge, über mehr als zwei Stunden, fielen ihm schwer.

Wir haben eine Steintreppe in unserem Haus, die Arko all die Jahre immer ohne Probleme bewältigt hatte. Doch nun merkte man ihm an, dass es ihn anstrengte. Er trat bedächtiger auf, nahm die Stufen manchmal sogar einzeln, und er rutschte. Bisher hatte er immer genügend Kraft gehabt und konnte so kleine Ausrutscher abfangen, aber die Zeit war vorbei. Was tun? Zur gleichen Zeit bekam meine Frau ein neues Hüftgelenk und im Garten musste etwas mit der rutschigen kleinen Backsteintreppe geschehen. Also gegoogelt. Und was soll ich sagen – es gibt tolle Stufenauflagen aus Weichplastik oder Silikon, die man ankleben kann. Durch eingearbeitete Riefen gewähren sie einen festen Tritt und verhindern das Ausrutschen.

Wer eine Woche danach zu uns kam, rutschte nicht mehr auf der Außentreppe, und Hund konnte im Haus nun beide Etagen ohne Probleme erreichen. Arko war im siebten Himmel, denke ich. Er war wieder imstande, die Treppen rauf und runter zu gehen, ohne meine Hilfe in Anspruch nehmen zu müssen. Er rutschte nicht mehr aus und hatte guten Halt. Optisch war das Ganze, genau wie die Treppenstufe vor der Couch, nicht wirklich en vogue. Und zum Saubermachen eine richtige Katastrophe. Wer einen Beagle hat, weiß, dass seine kleinen kurzen Haare überall sind und sich auf so einer Weichplastikmatte mit Rillen auch festsetzen. Nur mit dem Absaugen war es nach einer Weile nicht mehr getan und so musste man in guter alter Handarbeit die Stufen bürsten und wischen, um Schmutz und Haare zu entfernen. Auch das ist Liebe.

HÖRT NIX? MACHT NIX!

Ein anderes Thema war mit der Zeit Arkos Gehör. Am Anfang merkten wir gar nicht, dass es nachließ. Er konnte es uns ja nicht sagen. Beim Spazierengehen war ich manchmal sauer auf ihn, weil er nicht gehorchte und meine Kommandos, rief ich sie für ihn außer Sichtweite, nicht befolgte.

Doch dann fiel mir auf, dass unser sehr achtsamer Beagle nicht mehr wahrnahm, wenn jemand nach Hause kam. Hatte er sonst immer am Fenster gestanden, wenn unser Auto vorfuhr, oder war schon hinter der Wohnzimmertüre gewesen, um uns zu begrüßen, so schlief er jetzt immer öfter tief und fest und merkte gar nicht, wenn wir das Zimmer betraten.

Sein Gehör wurde also schlechter. Das war wirklich schade, denn es zwang uns natürlich, Arko öfter an die Leine zu nehmen, da er auch Autos nicht mehr wahrnahm. Unsere Welt ist stark akustisch geprägt, alle Kommandos an Arko waren fast ausschließlich akustischer Art.

Wir bemerkten, dass auch der Umgang mit anderen Hunden für ihn schwieriger wurde. Denn er hörte sie nicht mehr, wenn sie angerannt kamen. Er erschrak jedes Mal, wenn ihm einer am Hinterteil schnupperte, ohne dass er den Hund vorher bemerkt hatte. Wir übernahmen es fortan, ihn auf andere Hunde aufmerksam zu machen. Nun gingen wir nur noch im Wald und auf der Streuobstwiese ohne Leine. Auf der Wiese begegneten wir fast ausschließlich den Hunden aus unserem Ort. Wann immer unbekannte Hunde kamen, leinte ich Arko an, denn auf meine Befehle reagierte er nicht mehr.

Und dennoch wusste er, wie er mit mir kommunizieren konnte. Sehr bald hatten wir einige Arm- und Handbewegungen mit ihm trainiert, die uns den Umgang sehr erleichterten. Wie immer kann man das am besten mit dem Einsatz von Leckerli trainieren. Für solch spezielle neue Dinge, die wir ihm beibringen wollten, nutzen wir getrocknetes Fleisch. Da wusste Arko:

„Ui, heute ist was Neues dran, da gibt es Sonderleckerli!"

Immer öfter hielt er an Weggabelungen an, drehte sich zu mir um und wartete darauf, ob ein Handzeichen die Richtungsänderung anzeigte. Kam nichts, ging er einfach weiter. Das klappte prima. Nur daheim musste man ihm wohl oder übel hinterher, ihn direkt anschauen und sagen: „Komm, Dicker, ab ins Bett!". Einfach nach dem Hund zu rufen, funktionierte halt nicht mehr. Und wenn er den ganzen Tag bei meiner Frau im Büro am warmen Heizkörper in seinem Zweitbettchen gegrunzt hatte, bekam er es nun nicht mehr mit, wenn sie das Zimmer verließ. Sie musste ihn aufwecken und andeuten, dass sie das Zimmer verließ. Aber so ist das nun mal mit dem Älterwerden. Es gibt schlimmere Handicaps.

Quer durchs Land mit unserem Liebling

Wie plant man eine Reise mit Hund? Also eine richtige Reise? Nicht eine zu Oma und Opa, wo sich alles um Arko dreht und bis ins Detail vorbereitet ist. Wo der Hund genau weiß, in welcher Sofaecke er geduldet ist und die abendliche Gassirunde schon Routine ist.

AB INS HOTEL – RAUS AUS DEM ‚EMPTY NEST'

Nein, es sollte eine richtige Reise sein. Mit längerer Autofahrt und Hotel und Mitnehmen der ganzen Hundeausrüstung. In seinen ersten Lebensjahren verbrachte unser Beagle den Urlaub meist bei meinen Eltern oder einem befreundeten Ehepaar. Da gab es große Gärten und Hundemenschen, die ihn liebten, verstanden und auch keine Angst zeigten vor Zecken, Durchfall und Co. Wir hatten immer ein gutes Gefühl dabei und keine Angst, auch mal für drei Wochen weg zu sein.

Nun waren unsere Töchter aus dem Haus. Sie waren auf und davon zum Studium oder in der großen weiten Welt. Und obwohl das genau das war, was wir ihnen immer als unseren Wunsch für sie vermittelt hatten, fehlten sie uns sehr. Niemals hätte ich geglaubt, dass es mir so schwerfallen würde, loszulassen. Ich war immer eine der Mütter gewesen, die offen von dem Tag schwärmten, an dem niemand mehr fragte: „Was gibt's heute zum Abendessen?", oder „Mama, hast du die blaue Hose schon gewaschen?" Eine neue Zeitrechnung begann für mich als Frau, Freundin und Ehefrau. Als Mutter sowieso. Es ging mehr ums Zusehen und Beraten. Und das lebte ich aus: Ich beriet, wo es nur ging. Bis ich feststellte, dass ich meine Töchter nervte und sie ganz gut vorbereitet waren. Sie brauchten mich nicht mehr so dringlich an jedem einzelnen Tag in ihrem Leben.

Nun gab es also nur noch Arko, der täglich unsere Zuwendung einforderte. Und das war gut so. Es lenkte uns etwas ab. All unsere Liebe konnten wir diesem kleinen Fellknäuel geben. Er gab uns all seine Liebe zurück. Stand uns bei in den Momenten, als das Haus zu groß und zu leer und zu leise war. Stand uns bei an den Wochenenden, die wir nun nicht mehr mit den Mädchen verbringen konnten. Er kuschelte an den Rosamunde-Pilcher-Abenden mit mir und lag im Büro zu meinen Füßen, er folgte mir im Haus auf Schritt und Tritt. Auch er hatte weniger Streicheleinheiten als früher zu verkraften. Und so trösteten wir uns gegenseitig.

Und wir wollten nun mit Hund verreisen, denn irgendwen mussten wir ja verhätscheln. Ein wenig nervös suchte ich im Internet nach Hotels, in denen Hunde erlaubt waren oder nach Ferienhäusern mit eingezäunten Gärten. Nicht so einfach, stellte ich fest. Vor allem dann nicht, wenn man nicht irgendwohin wollte, wo viele andere Hunde waren. Wir wollten nicht ständig ein Auge auf das Interagieren mit anderen Hunden und ihren Hundemenschen haben.

Wir fanden ein familiengeführtes Hotel in einem deutschen Mittelgebirge. Die Internetseite verhieß einen hundeliebenden Hotelbesitzer, der Napf und sogar Hundehandtücher zum Trockenreiben nach dem Spaziergang schon an der Eingangstür zur Verfügung stellte und auch eine stundenweise Betreuung anbot.

Wir buchten kurzentschlossen und packten. Ziemlich schnell war klar: Unser Gepäck würde wohl auf die Rücksitzbank verbannt werden müssen, denn Hundebett und Hundegepäck nahmen den Kofferraum ein. Also Kofferraumabdeckung raus und Hundebett rein. Darin fühlte sich Arko am wohlsten und gut anleinen konnte man ihn auch. Genügend Futter, Leckerlis, Näpfe, Jacke für die kühlen Morgenstunden, Leine, Schmutztücher, Wasser und Medikamente waren in der ,Arko-Verpflegungs-Medizin-Spieltasche'. Mein Vater nannte das Ding lächelnd: „Eure Wickeltasche!" Wir waren also für jeden Fall gerüstet. Mir kam es vor wie das Packen für eine Reise mit Kleinkind. Denn ja, auch ein Spielzeug musste mit.

Die Fahrt selbst verlief ohne Probleme. Fragen wie: „Wann sind wir endlich da?" oder „Dauert es noch lange?", mussten wir nicht beantworten. Ein Stop an der Raststätte mit einer kurzen Runde erleichterte alle und schon waren wir wieder on the road.

Im Hotel wurden wir aufmerksam begrüßt, Arko bekam die erste Streicheleinheit und in unserem Zimmer warteten Hundedecke, Wassernapf und Leckerli. Alles war perfekt. Man hatte uns ein ebenerdiges Zimmer gegeben und so konnten wir mit dem kleinen Beaglemann auch raus in den Garten, ohne erst durch das ganze Hotel traben zu müssen und gegebenenfalls den Dreck über alle Flure schleppen würden.

Im Restaurant gab man uns einen Tisch in einer Ecke und Hund durfte bei gutem Benehmen unter dem Tisch schlummern. An richtiges Schlafen war für Arko natürlich nicht zu denken, denn es roch schon sehr verführerisch! Aber der warme Heizkörper sorgte für Hunde-Wohlfühl-Temperatur und Arko benahm sich sehr gut.

Wir unternahmen lange Spaziergänge, erkundeten mit Arko die Gegend, und wie immer fand er es in einer neuen Umgebung aufregend und musste ausgiebig Zeitung lesen. Wir fanden diese Märsche auch toll, denn hier ging es nur um den Hund und dass er ausgiebig das neue Terrain erkunden konnte. Wir hatten Zeit und keine Termine. Mussten uns eigentlich nur um uns selbst und Arko kümmern.

Eine ziemlich neue Erfahrung. Auch wenn wir natürlich in den letzten zwei Jahren schon öfter ohne unsere Töchter unterwegs gewesen waren, so waren dies immer nur kleine Fluchten vom Alltag gewesen, verbrachten wir die Urlaube noch immer alle gemeinsam. Das war nun vorbei. Wenn ich nach der Arbeit zurück in das leere Haus kam, keine Teenager rumnörgelten, keine Musik aus deren Zimmern kam und abends keiner mit mir Rosamunde Pilcher schaute, so war ich sehr glücklich über den kleinen Beagle, der fortan meine ‚Bespaßung' übernahm. Und sei es auch nur durch die täglichen Spaziergänge, das Füttern oder abendliche Kuscheln auf der Couch. Ich war nie allein. Das war schön.

Auf unserer ersten Reise als ‚kinderloses Paar mit Hund' fanden wir die schöne hundefreundliche Umgebung toll, das machte Lust auf mehr.

Der Besitzer des Hauses mochte unseren kleinen Rüden auch sehr, und so kamen wir ins Gespräch. Er berichtete uns von vielen schönen Begegnungen mit anderen Rudeln und auch davon, was er an Hunden so schätzte. Diese Aufzählung will ich Ihnen nicht vorenthalten: „Sie meckern nicht am Essen herum, klauen keine Bademäntel, trinken die Minibar nicht leer, sind absolut uninteressiert an den Pröbchen im Bad, krakeelen nachts nicht durch die Flure und verlangen auch nie nach veganem, glutenfreiem Hühnerfrikassee. Sie prellen höchst selten die Zeche, vergessen nie den Pin vom Zimmersafe, und der Hundesitter muss abends nicht stundenlang Geschichten vorlesen." Ein wahrhaft gutgelaunter Hotelier!

ARKO VOM ORLAGRUND & SÄCHSISCHES KULTURERBE

Für jeden Hundemenschen gibt es diese speziellen Momente, die er in seinem Herzen behält. Die so perfekt sind, dass man sie nie mehr vergisst. Einer meiner schönsten Momente ereignete sich an einem sonnigen Frühlingstag an der Elbe. Im Park von Schloss Pillnitz. Es war mein erster Ausflug mit Arko ganz allein. Noch niemals zuvor hatte ich einen ganzen Tag mit ihm weit weg von daheim und der gewohnten Umgebung erlebt. Heute waren wir nur zu zweit unterwegs, alle anderen mussten arbeiten.

Die Sonne schien, das Gras war schon grün und saftig, der Park wartete in seinem Frühlingsgewand auf uns. Ich parkte das Auto am Fähranleger gegenüber vom Schlosspark, und bewaffnet mit Leine, Leckerlis, Wasser, Kotbeuteln, Fotoapparat und jeder Menge guten Willens, dies einen schönen Tag werden zu lassen, machten Arko und ich uns auf zur Fähre.

Das war in meinen Augen die erste Hürde. Ein schwimmendes Gefährt, mit lediglich einem Geländer zwischen Hund und dem kalten Nass, das stellte ich mir kompliziert vor und ich war vorbereitet, ihn vielleicht auf den Arm nehmen zu müssen. Doch Arko war gänzlich entspannt und betrachtete das Boot, die Stromschnellen und das vorbeidriftende Wasser auf unserer kurzen Fahrt völlig gelassen.

Ich war begeistert. „Gut gemacht", raunte ich ihm zu und sein Blick versprach, dass es so weitergehen konnte. Gute Luft, jede Menge andere Hunde in Sichtweite, neues Schnüffelterrain – perfekt für seinen Geschmack. Wir machten uns auf in den Park. Vorbei an Hecken und Beeten umrundeten wir die Gebäude, passierten Mäuerchen und Skulpturen auf hohen Stelen. Wir liefen am Wasser entlang, schlenderten die breite Allee hinauf, bis wir an das Haus mit der weltberühmten Kamelie kamen.

Dort stand ein Mann verkleidet als Minnesänger, der die schönsten alten deutschen Volkslieder trällerte. Er unterbrach seinen Gesang für ein:

„Hallo, du Schöner!"

Er streichelte Arko am Hals und mein Hund ließ sich sehr zufrieden mit dem Hinterteil auf den Füßen des Mannes nieder. Das war ein absoluter Vertrauensbeweis.

„Kann ich ihn wohl kurz hier bei Ihnen lassen? Ich schaue mir nur schnell die Kamelie an!", hörte ich mich sagen und leinte Arko an der nächsten Bank an. Ich erwartete ein Fiepen, aber nichts. Ruhe. Hund genoss die Sonnenstrahlen, den Gesang und ich die sagenhafte über 200 Jahre alte Kamelie.

In der darauffolgenden Stunde schlenderten wir wieder zurück zum Wasser und ließen uns im warmen Gras nieder. Die Sonne schien, ich kickte meine Schuhe von den Füßen, der Fluss zog blitzend und schillernd an uns vorbei. Wir waren beide etwas müde und dösten in der Mittagssonne. Es war einer dieser Momente, wo sich dein Hund an dich schmiegt und die Welt für einen kurzen Augenblick still steht.

HUND HAT HUNGER & BLAMAGE AUF GANZER LINIE

„Was hast du dir nur dabei gedacht?", fragte ich entsetzt und konnte nicht glauben, was meine Frau mir gerade erzählt hatte. Ich saß mit einem Drink in der Hand auf dem Sofa und ließ mir berichten, was diese Woche so los gewesen war. Ich war einige Tage beruflich unterwegs gewesen, und wie es der Zufall so wollte, musste auch meine Frau kurzfristig eine Nacht außer Haus verbringen. Es war einfach keiner da, der Arko hätte nehmen können. Unsere wenigen Notfallpläne griffen nicht.

„Kein Problem, dann nehme ich ihn mit. Er schläft abends nach dem Fressen sowieso und wird es gar nicht merken, wenn ich ein oder zwei Stunden lang mein Meeting besuche." Meine Frau liebte es generell, mit Arko zu reisen, und er war auch schon in einigen Meetings anwesend gewesen, meist als super Gesprächsstoff.

Gesagt, getan. Sie machte einen ausgiebigen Spaziergang mit ihm, fütterte ihn, und er legte sich in sein Hundebett und döste. Alles gut.

Als sie nach zwei Stunden zurückkam, glich das Hotelzimmer einem Schlachtfeld. Einem Kaninchenfleisch-Schlachtfeld. Arko thronte auf dem großen Doppelbett inmitten einer zerfetzten Plastiktüte und um ihn herum war das gesamte weiße Laken mit Hundefutter verschmiert. Er selbst hatte das Zeug auf dem Nasenrücken und am Fell. Es war schon leicht eingetrocknet und die dazugehörige Dose lag leer am Boden.

Er schlief nicht etwa satt und zufrieden, sondern lag mit aufgestellten Ohren erwartungsvoll inmitten der Schweinerei. Sein Blick schien zu sagen: „Ich weiß, es sieht schlimm aus, tut mir leid!"

Ein herbeigerufenes Zimmermädchen konnte sich einen leichten Fluch nicht verkneifen, prustete aber beim Anblick unseres verrückten Beagles sofort los und bot ihre Hilfe an. Sie wollte sogar alles neu beziehen. Aber das wollte meine Frau nicht. Sie ließ sich neue Wäsche kommen und bezog alles selbst.

Nie wieder vergaßen wir, das Hundefutter gut verschlossen entweder in der Minibar oder in einer Kühlbox, in der Badewanne im verschlossenen Badezimmer aufzubewahren. Außerhalb der Reichweite und den Kreativideen unseres verfressenen Beagles. Dieser jedenfalls musste am Morgen danach auf sein Frühstück verzichten. Das war teils schon in seinem Magen, teils in der Wäsche verschmiert!

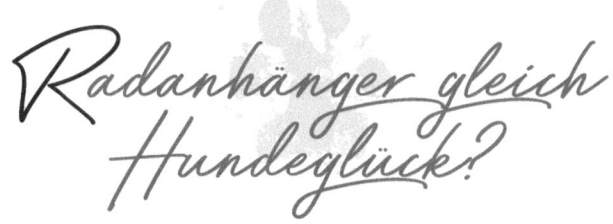

Radanhänger gleich Hundeglück?

‚Was gibt es Schöneres, als seinen freien Tag auf dem Rad zu verbringen? Fast nichts, jedenfalls im Sommer. Wir lieben Radfahren. Frische Luft um die Ohren, Sommer riechen, neue Dinge sehen, baden gehen, Freunde treffen. Und das in einem größeren Radius, als uns das zu Fuß möglich ist.

Diese Aufzählung hätte auch von Arko sein können. Dachten wir. Er liebte Fahrtwind, jedenfalls war er im Auto immer ganz begeistert, wenn das Fenster mal auf war. Neue Gerüche sind sein Lieblingsgrund für Spaziergänge an anderen Orten. Deshalb packte ich ihn auch ab und an mal ins Auto und fuhr ein paar Kilometer von unserem Dorf weg, damit er mal was Neues schnüffeln konnte. Und das tat er dann auch genüsslich und ausgiebig.

Nun sahen wir immer öfter Hundemenschen, die mit Körbchen und Anhänger unterwegs waren, in denen die Vierbeiner den Tag mit ihrem radfahrenden Begleiter verbringen konnten. Das war die Lösung. Dann konnten wir auch mal länger als vier bis fünf Stunden unterwegs sein, mussten am Wochenende nicht Hund oder Räder ins Auto packen. Wir ließen Arko halt nicht gerne länger allein. Für ein Mitlaufen am Rad war er nicht trainiert und auch schon zu alt.

Gesagt, getan. Zu seinem zwölften Geburtstag schafften wir uns einen Anhänger an. Fenster auf allen Seiten, auch nutzbar, wenn Hund liegt, Belüftung bestens, gute Polsterung und nicht zu groß, damit er ein schönes Nest bauen kann, nicht darin herumrutscht und sich sicher fühlt. Vorrichtungen für einen Sicherheitsgurt und separater Platz für Wasser & Co. waren auch vorhanden.

Wir bereiteten alles vor, dachten an Wasser und Leckerli, testeten die Sicherheit der Anhängerkupplung und los ging es. Ja, es ging los. Das

Locken und Gut-Zureden, das Erklären und Demonstrieren. Arko stand vor dem Anhänger, die Vorderbeine in die Straße gestemmt, den Hintern am Boden und gab dem Anhänger nicht das Quäntchen einer Chance. Dieses schwarze Ding wollte er nicht betreten. Wir brachen ab und versuchten es mit der ‚Langsam-dran-gewöhnen'-Methode. Wir bugsierten den Anhänger zurück in den Garten und stellten ihn neben der Terrasse auf den Rasen. Im Anhänger war eine von Arkos Decken und ein Leckerli. Plan war, ihm zu zeigen, dass das ‚Ding' nicht gefährlich war, sondern dass alle normal damit umgingen.

Arko ignorierte alles, was mit dem Anhänger zu tun hatte. Die Leckerli, die wir reinlegten. Seinen Spielball, den wir darin platzierten. Dass wir das Ding durch den Garten schoben, meine Frau sich reinsetzte und ihren Kaffee darin trank. Wir legten seine Leine rein, und tagelang holten wir vor dem Gassigehen erst die Leine aus dem Anhänger. Arko zeigte blankes Desinteresse. Nach einigen Tagen wähnte er sich unbeobachtet und holte sich mit spitzen Zähnen das Leckerli aus dem Wagen.

Ich schoss raus aus der Liege, lief hin und wollte ihn belohnen, aber er erschreckte sich nur und rannte weg. Das mit dem Rausholen des Leckerlis und dem Warten auf meine Belohnung, die dann ein neues Leckerli verhieß, beherrschte der Hund nach kurzer Zeit vortrefflich. Ich hatte den Plan ohne Arko ausgeheckt. Er trickste mich aus. Sobald ich begann, ihm das Leckerli ganz hinten in den Wagen zu schieben, um ihn damit zum Einsteigen zu animieren, wurde Beagle auf einmal zum Bassett. Sein Körper zog sich verblüffend in die Länge, und schwupps, war das Leckerli in seinem Bauch (siehe Staubsauger).

Wir waren ziemlich verzweifelt und versuchten unser Glück am nächsten Wochenende noch einmal. Und siehe da, Hund stieg, ohne zu maulen, in den Anhänger, jedenfalls für die Zeit, die er brauchte, um den Haufen ‚Ansporn' in Form von getrocknetem Hühnchenfleisch zu vertilgen (siehe Staubsauger). Wir schoben ihn ein wenig durch die Gegend, um zu sehen, wie er das fand.

Er mampfte. Gut, dann ran an die Anhängerkupplung. Hund mampfte.

Saß auf seinem Allerwertesten und leckte sich ausgiebig das Maul. Als unsere merkwürdige Karawane dann langsam anrollte, begann ein Klagekonzert sondergleichen. Erst fiepte er nur. Ich blieb also hinter dem Anhänger, damit er mich sehen konnte. Das brachte aber nichts, mein beruhigender Einfluss war gleich null. Wir entschieden kurzerhand, dass die Tutorials aus dem Netz richtig waren und eine erste kurze Fahrt ausreichend sei. Danach, hieß es, sollte man die Entfernung gleichmäßig und regelmäßig steigern, um dem Hund zu zeigen, dass es immer wieder heimging.

Wir steigerten die Wegstrecke in zwei Wochen auf sagenhafte einhundert Meter und Arko beruhigte sich kein Stück. Am letzten Versuchstag jammerte er nicht nur, er zitterte am ganzen kleinen knuffigen Hundeleib. Er hechtete aus dem Anhänger in der Sekunde, als ich die Tür öffnete und die Sicherung abschnallte, und verschwand im Garten unter der Hecke.

Wir haben schließlich aufgegeben und entschieden, dass unser Hund eben lieber selbst lief. Allen Oberschlauen, die im Netz ihre Trainingskünste für Hunde anpreisen und unser nachsichtiges Verhalten mit Buhrufen ab-urteilen, möchten wir sagen: Versuch's mit einem zwölf Jahre alten Beagle, und er wird auch dich Demut lehren. Und falls der Vorwurf kommt, Dick-köpfigkeit würden wir belohnen? Und wenn. Ich mag auch kein Karussell fahren.

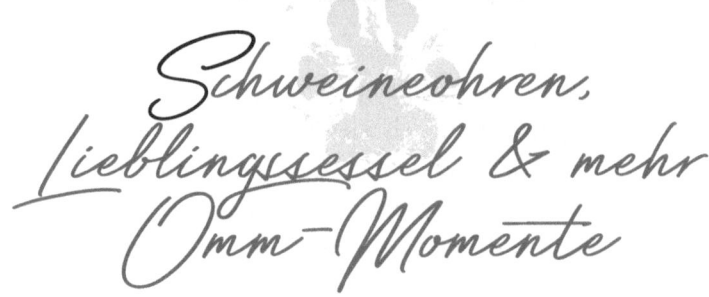

Schweineohren, Lieblingssessel & mehr Omm-Momente

Arko hatte im Haus mehrere Schlafstätten. Im Laufe der Zeit kamen immer mehr dazu. Am Anfang gab es da sein Hundebett im Wohnzimmer vor dem Holzofen. Das ging auch stets mit auf Reisen. Es war das braune mit dem hohen Rücken, in dem er sich so wohl fühlte. Und nachts schlief er manchmal abwechselnd bei den Mädchen. Im Bett. Am Fußende.

Ich weiß, das ist ein kontrovers diskutiertes Thema. Solange es Haustiere gibt, wird das wohl auch so bleiben. Aber Hunde leben gerne im Verbund, sind Rudel- oder Meutetiere. Sie suchen unsere Nähe, brauchen neben Beschäftigung auch genügend Schmuse- und Streicheleinheiten. Auch sie lieben es, kuschelig und warm zu schlafen, und keinesfalls wollen sie nachts freiwillig allein bleiben. Also haben sie es auf unser gemütliches Bett abgesehen. Ich habe gelesen, dass die Anwesenheit von geliebten Tieren den Blutdruck und das Stresshormon im menschlichen Körper nachweislich senkt. Also, wenn das kein Argument ist.

Ich jedenfalls kenne eine Menge Hunde, die mit im Bett schlafen dürfen. Wenn man das nicht möchte, z.B. aus hygienischen Gründen, wegen der Haare oder vielleicht auch wegen der schieren Größe des Hundes, dann muss man das schon im Welpenalter konsequent umsetzen. Ein Hund, der im Welpenalter mit im Bett schmusen durfte und dann ausgeschlossen wird, kann das gar nicht verstehen und sieht es als Bestrafung an.

Eine sicherlich gute Alternative ist ein Schlafplatz für den Hund im selben Raum, aber eben nicht im Bett. Der Hund ist somit nicht allein und hat trotzdem ein Auge auf sein Rudel. Das ist ihm nämlich wichtig. Aber bitte, sorgen Sie für ein richtiges Bett mit erhöhtem Rand. Auch ihr Hund hat es nachts gern bequem, kuschelig und sicher (der erhöhte Rand stellt sicher, dass er beim Schlafen nur in eine Richtung aufmerksam sein muss, sein Rücken ist abgesichert). Ein richtiges Hundebett bietet all dies, vorzugsweise mit einem herausnehmbaren Kissen, das viele Waschgänge übersteht.

Als er größer wurde, sprang Arko ohne Probleme auf die Couch oder den Fernsehsessel und rollte sich dort ein. Ab einem bestimmten Zeitpunkt, ungefähr ab seinem achten Lebensjahr, wollte auf dem alten Sessel kein Zweibeiner mehr sitzen. Arko hatte es gemanagt, dass ihm der Sessel allein gehörte. Er liebte es, mit vom Gras feuchten Pfoten auf den Sessel zu springen oder mit Erde zwischen den Fußballen. Der Sessel hatte also eine bestimmte Patina, die ich immer wieder versuchte, abzuschrubben, aber der Hund war schneller. Ganz fix sah der Sessel wieder schlimm aus.

Der absolute Höhepunkt war erreicht, als einmal mein Vater zu Besuch kam. Sich in den Sessel fallen ließ, nach einiger Zeit ein angewidertes Gesicht zog, sich aus dem Sessel hochschob und in seiner Hand ein schwarzes Etwas präsentierte. Er hatte den Fehler begangen, mit den Händen in die Falte zwischen Rückenlehne und Sitz zu fassen. Nun hatte er den Salat und wir kannten einen weiteren Platz, an dem Arko seine Schweineohrenhälften vergrub, bevor er sie aß. Keiner von uns hat je wieder freiwillig in diese Ritze gegriffen. Allerhöchstens mit dem langen Staubsaugerrohr. Von da an war dieser Sessel der Arkosessel.

Nicht nur bei uns daheim übernehmen die Vierbeiner locker bestimmte Territorien, und wir Zweibeiner können einfach nichts dagegen tun. Ich habe das von vielen anderen Hundemenschen gehört. Erst letztens rief eine ältere Dame, die wir in Berlin auf ihrem Spaziergang mit ihrem süßen Beagle quasi überfielen:

„Ich kann ihm einfach nicht böse sein. Wissen Sie, wenn Sie die ersten beiden Jahre überstanden haben, dann ist es einfach nur wunderbar mit einem Beagle. Er zieht bei dir ein, erklärt dir genau, was er will und nach ein paar wenigen Monaten des Verhandelns gibt es eine Einigung. Danach ist es der Himmel. Ja, ja, streicheln Sie ruhig weiter …"

Ich habe herzhaft gelacht über die alte Dame, die da stand in ihren

halbhohen Gummistiefeln, an denen noch immer der Matsch der gegenüberliegenden Wiese klebte, mit einem Wind- und Wetterhut auf dem Kopf,
wie ihn Angler trugen, und deren gelber Friesennerz Zeuge langer Jahre in
frischer Luft, Wind und Regen war. Sie hielt es lächelnd aus, dass wir vier
uns alle auf den kleinen Hund stürzten und ihn kraulten, bequatschten und
unsere Herzen sich erneut füllten mit der Erinnerung an den Geruch, der
Haptik, des so vertrauten Wesens. „Ich habe kaum noch Platz auf meinem
Lieblingssessel", sagte diese Ur-Berlinerin in ihrem leicht schnoddrigen
Berliner Dialekt, während sie fast unsichtbar für ungeübte Nicht-Hundemenschen, einen sorgfältig choreografierten Tanz mit der Leine vollführte.
Dabei fuhr sie fort: „Zum Glück habe ich diesen langen breiten Lesesessel
gekauft, da haben Theo und ich gemeinsam Platz!" Es war wahrlich wunder-
voll, zu hören, dass auch andere Menschen dem Beagle verfallen sind und
mit diesem liebevollen Schmusehund Bett und Decken teilten.

Als Arko sechs Jahre alt war und im besten Raufalter sah sich unsere Familie mit einem schwierigen gesundheitlichen Problem konfrontiert. Und
dies ist ein weiterer ‚Omm Moment'. Bei meiner Frau wurde Brustkrebs
diagnostiziert. Sie durchlief alle Stadien von Operationen über intensive
Chemo und Strahlentherapie und verlor nie den Mut und auch nicht
die Kraft, mit Arko weiterhin durch die Wälder zu streifen. Das gab ihr
etwas Zuversicht und Normalität. Der kleine Wackelpoppes, der da vor ihr
über die Wege streifte, an jeder Waldkreuzung stehenblieb, um nach ihr
zu sehen, machte ihr Mut. Seine unbeschwerte Art, seine Anhänglichkeit
und sein stilles Verstehen beruhigten sie sehr. Diese Normalität war genau
das, was sie dringend brauchte. In dieser Welt aus Medikamenten, Ärzten,
Prognosen und Nebenwirkungen brauchte sie Normalität und Zuversicht.
Und Arko gab ihr das.

Es ist kein Geheimnis, dass Hunde, und insbesondere Beagle, schon als
Krebsspürhunde eingesetzt werden. Sie haben diese superintelligente Nase
und dazu noch eine sanfte Seele, die Schwingungen und Befindlichkeiten
intensiv aufnimmt.

An dem Abend nach ihrer zweiten Operation ging meine Frau früh schlafen. Gegen 9 Uhr abends zog sie sich mit einem Buch zurück. Kurz darauf verschwand auch der Hund. Das war nicht ungewöhnlich. Oft lief er mit demjenigen von uns, der zuerst schlafen ging, nach oben, um seinen Platz am Fußende des Bettes klarzumachen und zu kuscheln. Das liebte er. So auch heute.

Ich war mir sicher, dass nicht viele Seiten des Buches gelesen werden würden, anstrengend, wie der Tag gewesen war, und schlich auf leisen Sohlen nach einer halben Stunde hinauf, um das Licht zu löschen. Als ich die Tür vorsichtig einen Spalt öffnete, bot sich mir ein friedliches eindrückliches Bild. Erst war ich erschrocken, denn Tränen liefen über das Gesicht meiner Frau. Doch ein Handzeichen bezeugte mir, es sei alles in Ordnung und ich solle leise sein. Arko kräuselte nur kurz die Stirn und öffnete halb seine Lider. Dann schloss er seine Augen wieder und lag ganz ruhig da.

Er hatte sich an diesem Abend – und sollte dies noch an vielen kommenden Abenden tun – längs an die linke Körperseite meiner Frau gelegt. Seine damals noch braune Schnauze, fast der gesamte Kopf und eine Pfote ruhten auf der operierten Brust. Solange sie sich nicht bewegte, lag er so da. Er atmete ruhig, und die beiden waren ganz bei sich. Es war ein bewegender Moment, der sich während der kommenden sechs Monate öfter wiederholen sollte. Danach hat er das nie wieder getan und meine Frau ist zwölf Jahre später noch immer geheilt. Dies ist ihr liebster ‚Omm-Moment'.

Tierklinik & Leben am Rande des Wahnsinns

Tierarzt ist ein wunderbarer Beruf aber auch eine ungeheure Herausforderung. Der Tiermensch ist meist angespannt und besorgt, denn der Patient (in unserem Falle der Hund) kann ja nicht genau sagen, was er hat, wo genau es zwickt. Also versucht man, zu deuten, Zusammenhänge herzustellen und dem Arzt wortreich die richtigen Symptome zu erklären. Dieser muss das ganze Gefasel zu einem sinngebenden Puzzle zusammenbasteln. Und dann, ohne dass der Patient ‚gehört‘ werden konnte, eine Diagnose stellen. Eine Wahnsinnsaufgabe!

Arko war ein robuster Hund, aber Probleme mit dem Darm und den Ohren waren sein Leben lang ein Thema. Was wir auch versuchten - und die Liste war lang - die Ohren entzündeten sich immer wieder, der Darm war extrem empfindlich und reagierte auf jedes erhaschte ‚nicht-hundekompatible‘ Futter. Wie oft haben wir die Nächte im Wachkoma auf der Couch im Wohnzimmer zugebracht, weil Arko alle fünfzehn Minuten nach draußen musste. Und warum? Weil irgendein netter Mensch dem ‚armen Hund‘ ein Stück Leberwurstbrot zugesteckt hatte.

Am schlimmsten waren Besuche bei der Verwandtschaft. Er konnte betteln, und wie! Und dann stand ich in der Nacht in einem schweizerischen Bergdorf auf der Straße und sah dem Hund beim ‚Grasen‘ zu. Frisches langes, grünes Gras war sein Patentrezept gegen jede Art von Magengrimmen.

Arko liebte auch Regenwasser und leckte es überall auf, bis wir von unserem kundigen Tierarzt erfuhren, dass frisches Regenwasser zwar gut ist, aber abgestandenes Wasser in der Vogeltränke, in Pfützen und Tümpeln Bakterien enthält, die dem Hundedarm und -magen schaden. Vor allem dann, wenn der Hund einen sensiblen Verdauungstrakt hat. Außerdem sind diese Krankheitserreger auch auf den Menschen übertragbar. Es war nicht ganz leicht, ihn fortan von den Pfützen fernzuhalten. Einmal erwischte ich ihn, wie er im Garten aus den kleinen Vertiefungen im Gullydeckel schlabberte. Da bin ich wieder bei der Kreativität, die man bei einem Beagle nie unterschätzen darf.

Darm und Ohren beruhigten sich nach der Umstellung auf monoproteininhaltiges Nassfutter in Bioqualität und das dementsprechende Biotrockenfutter erheblich. Die eine oder andere Sache aber brachte uns dann doch wieder zum Tierarzt. Hier ein paar unserer Krankengeschichten:

DER BLONDE RETRIEVERFREUND

Unsere Nachbarn auf dem angrenzenden Grundstück wechselten zweimal, bevor wir Arko bekamen. Mit der zweiten Familie zog auch ein großer wunderschöner Golden Retriever mit ein. Er war unserem Beagle körperlich überlegen, aber vom Gemüt her sehr ähnlich. Zwischen den Grundstücken gab es keinen Zaun. Das bedeutete auf der einen Seite viel Auslauf für die beiden Hunde, auf der anderen Seite aber eine Menge Absprachen zwischen uns, und auch ein wenig Toleranz war vonnöten. Unser Hund verunreinigte seine Seite des Gartens nie und verschwand dafür immer in die Büsche und auf die Rasenfläche unserer Nachbarn. Auch der Nachbarhund hielt es so. Er verschwand in unseren Büschen. Unsere Kinder waren angehalten, zweimal die Woche Arkos Hinterlassenschaften aufzusammeln. Schön wäre gewesen, wenn Nachbars auch bei uns aufgesammelt hätten!

An einem kalten Novembertag spielten die beiden Hunde im Garten, tollten durch den Schnee. Meine Tochter hatte Arko nach dem Spaziergang lediglich von der Leine gelassen und stand nun mit Kopfhörern in der Küche und spülte ab. Die Hunde rannten herum, spielten, rollten im Schnee, bis sich die Fangzähne des großen Retriever im Halsband unseres Arko verfingen. Das Nächste, was ich zu sehen bekam, waren Blutspritzer im Schnee, an der Garagenwand und einen Retriever, der seinen kleineren Kumpel herumschleuderte im Versuch, sich aus dem Halsband zu befreien.

Ängstliche spitze Schreie ertönten aus dem Maul meines völlig verstörten

Beagles. Mit Mühe und Not bekamen wir die beiden kräftigen Hunde voneinander los. Arko hatte einen Riss im Ohr, am Hals und atmete nur stoßweise. Die Fahrt in die Hundeklinik verbrachte er auf meinem Schoß und sein erstes Zusammentreffen mit einem Arzt war dramatisch. Dieser hohe, kalte Behandlungstisch aus Edelstahl war so gar nicht nach seinem Geschmack, und es bedurfte dreier Leute, um den vor Angst zitternden und immer noch stoßweise atmenden Arko auf dem Tisch zu halten. Eine Röntgenaufnahme später (natürlich nur mit einer leichten Sedierung machbar) wussten wir, dass er geplatzte Lungenbläschen hatte, und die Risse in Ohr und Hals mussten genäht werden.

Sein Verhältnis zu größeren beigefarbenen Hunden hat sich sein Leben lang nicht mehr entspannt. Er stellte sofort die Haare auf dem Rücken auf, wenn er einen solchen Hund nur sah und knurrte, wenn ihm einer zu nahekam. Nur mit dem Nachbarshund selbst hat er sich wieder vertragen. Wir haben viel Zeit darauf verwendet, die beiden erneut aneinander zu gewöhnen. Der Nachbar-Retriever war seither immer sehr zärtlich und nett zu ihm, so, als ob ihm die ganze Sache wirklich leidgetan hätte. Aber zu einem Arzt hatte Arko erst viele Jahre später, nachdem wir die Tierklinik gewechselt hatten, wieder Vertrauen.

IMPFTERMIN FÜR DEN ZOO & DER WAHNSINN AUF VIER PFOTEN

„Was für unsere Zwillinge funktioniert, dass klappt auch bei den Tieren", dachte ich. Impfen konnte man Kinder gut gemeinsam, an einem Termin. Und so meinten wir: „Wir fahren mit allen unseren Tieren gemeinsam zum alljährlichen Check-up und Impftermin."

Der Transport war eine Herausforderung, zwei Transportboxen für die Katzen, der Hund auf der Rücksitzbank, Fridolin, unser Senior, in einer Kiste auf dem Schoß meiner Tochter. Nougat wehrte sich noch immer gegen die Box. Man mochte meinen, sie wäre mittlerweile müde, aber der Kampf (mit dicken Gartenhandschuhen an den Händen), den wir mit ihr ausgetragen hatten, um sie überhaupt in die Box zu bekommen, hatte sie noch nicht genügend erschöpft. Sie schrie fast, wimmerte, miaute und pieselte. Es stank.

Nougat, unsere Mutterkatze, war alles andere als ein Schmusekätzchen. Sie war ein echtes Biest. Nachdem wir ihren erstgeborenen Sohn Dickie behalten hatten, entwickelte sie eine ausgewachsene Antipathie gegen ihn und Arko, und ich denke auch, gegen uns. Sie war mir jedenfalls nicht geheuer. Sie blieb die Streunerin, als die sie bei uns eingezogen war, und machte auch in den kommenden zwei Jahren keine Anstalten, verschmuster zu werden. Sie kam und ging, wie sie wollte. Tauchte sie auf, forderte sie Hingabe und Streicheleinheiten. Hatte sie genug, fauchte sie dich an, erhob die Tatze und schwupps, hatte man einen Kratzer auf der Hand. Einfach so.

Eigentlich kam sie nur zum Fressen und begab sich danach wieder auf Wanderschaft. Apropos Fressen. Wir bemerkten bald, dass Nougat zunahm. Sie wurde runder. Schwanger konnte sie nicht sein, denn wir hatten sie nach dem ersten Wurf sterilisieren lassen. Aber es bestand kein Zweifel an ihrer Gewichtszunahme, obwohl wir nichts am Futter geändert hatten. Die Erklärung erreichte uns eines Nachmittags in Form einer abfälligen Bemerkung einer Nachbarin:

„Und übrigens", hob sie bei einem kleinen Plausch über den Zaun an, „es geht wirklich nicht, dass Sie Ihre Katze nicht füttern. Jeden Abend taucht sie bei mir auf und frisst meiner Katze das Futter draußen weg. Meine Mautzi kann sich dagegen nicht wehren."

Ich war verdutzt, aber ehe ich antworten konnte, fuhr sie fort:

„Sie kommt nur zum Fressen und dann geht sie wahrscheinlich wieder rüber zu Ihren Töchtern und schmust dort. Ich bekomme so gar keine Aufmerksamkeit für das Futter."

Einerseits war ich schockiert, dass die Nachbarin glaubte, wir würden die Katze nicht füttern. Andererseits verstand ich nicht, wie man glauben konnte, dass eine Katze, die nicht von uns gefüttert wurde, trotzdem bei uns blieb. Und dann war da noch die Gewissheit, dass Nougat einfach zu viel fraß und deshalb zunahm. Ich klärte sie auf und wir beschlossen, dass sie ihre Katze für eine Weile nur im Haus fütterte, damit Nougat keinen Spaß mehr daran hatte, am Abend bei ihr zu schnorren. Gesagt, getan.

Zwei Wochen später unternahm Nougat einen Stunt, den zu erzählen ich mich nicht oft traue. Irgendwie mache ich mir noch immer große Gedanken darüber, wo wohl der Fehler gelegen haben könnte bei der Erziehung von Nougat. Aber da gab es wohl keine wirkliche Erziehung … Und ja, durch den ‚Zuzug' von Dickie und Arko hatten wir sie wohl verärgert.

Nougat schlich in der Küche herum, sie schnurrte um die Beine meiner Frau, die sie hochnahm und ausgiebig kraulte. Sie klemmte sich die Katze in die linke Armbeuge, kraulte sie und schob zwischendurch einen Teller Suppe in die Mikrowelle. Alles war friedlich. Nougat wehrte sich ein wenig gegen das Halten und wurde am Boden abgesetzt. Meine Frau nahm ihren Teller, platzierte ihn auf einem Tablett und verließ das Zimmer, um auf der Terrasse die Auflagen auf die Stühle zu legen. Ich kam gerade dazu, als Nougat mit einem Satz auf die Anrichte sprang, kurz am Teller roch, sich dann umdrehte und sehr gezielt in den Teller pinkelte. In dem Moment war auch meine Frau schon zurück, die Terrasse lag zwei Meter vom Küchentresen. Ich hätte etwas dafür gegeben, damals ihren Gesichtsausdruck in einem Bild einfangen zu können. Meine Frau war sofort abgestraft worden für das kurzzeitige Unterbrechen einer Streicheleinheit. Unschwer zu erraten, dass Nougat an diesem Tag nicht darauf wartete, in hohem Bogen aus dem Haus zu fliegen. Sie war mit einem Satz wieder unten, rannte schnellstens weg und ward an dem Tag nicht mehr gesehen. Ebenfalls unschwer zu erraten, dass sich die Liebe meiner Frau zu Nougat merklich abkühlte.

Und dennoch musste sie mit zum Tierarzt. Ich hatte diesen Arztbesuch terminiert und sichergestellt, dass mich meine Frau und Tochter begleiten konnten. Zu dritt würden wir imstande sein, die vier Tiere unter Kontrolle zu halten. Angekommen, nahmen wir wie meist erst Arko aus dem Auto und drehten eine Runde mit ihm. Er wusste genau, wo es hinging, und wehrte sich sonst gerne. Die Wartezeit ließ sich mit einem Spaziergang außerhalb der Praxis aber relativ gut herumbringen. Die Katzen lagen in den Boxen und Nougat fauchte jeden an, der vorbeikam. Unsere Ärztin war eine unerschrockene Frau mit viel Erfahrung, so glaubte ich zumindest, und sie rief uns herein.

„Mit wem sollen wir zuerst kommen?", fragte meine Tochter.

„Ach, alle zusammen. Das passt schon!" Ich bin mir im Nachhinein sicher, ich hätte sie davon abhalten sollen. Arko stemmte seine kurzen kräftigen Beinchen in den Boden und ich musste mich hinknien und ihn hochheben. Auf meinen Armen brachte ich ihn zum Behandlungstisch, auf dem bereits die Kiste mit Fridolin stand. Hinter mir jonglierten meine Tochter und meine Frau nun die beiden Transportboxen mit den Katzen in den Raum und stellten sie vor der Heizung ab.

Der Versuch, unseren gestressten Hund auf dem Untersuchungstisch abzusetzen, fruchtete nicht. Er strampelte mit den Pfoten, streckte die Beine lang aus, wollte sich einfach nicht darauf niederlassen. Die Ärztin kannte das schon und machte eine beschwichtigende Handbewegung in Richtung einer Zimmerecke. Sie wies ihre Assistentin an, Arko dort zu umarmen, also gut festzuhalten, damit sie ihm in die Ohren und den Hals sehen konnte. Letztendlich hielten wir unsere Kraftmaschine mit vier starken Armen fest, um auch noch die Zahnüberprüfung und die Impfung hinter uns bringen zu können.

Als er endlich fertig war, bedeutete die Ärztin ihn einfach loslaufen zu lassen und Arko legte einige schnelle Runden um den Tisch zurück, bevor er die Leckerlis annahm und sich leidlich beruhigte. Meine Tochter bot an, mit ihm nun nach draußen zu gehen, aber wir brauchten sie im Behandlungszimmer für die Katzen.

Aber erst war der Schildkrötenmann dran und seine Behandlung war eine Wohltat. Unkompliziert inspizierte die Ärztin seinen Panzer, das Maul, die Zähne, die Augen und Klauen und setzte ihn zurück in die Kiste. Jetzt war Nougat an der Reihe. Dafür wollte ich meine dicken Gartenhandschuhe anziehen, aber die Assistentin wehrte lachend ab. Sie öffnete die Tür mit einem Handgriff - und schon machte sie gemeinsam mit Nougat auf ihrer Brust einen Satz zurück und stolperte. Die Katze sprang auf den Tisch. Sie rutschte, stieß an die Kiste, beförderte sie in Richtung Tischende. Meine Frau machte einen Satz nach vorn, um die Schildkröte zu retten. Im selben Moment hechtete die Katze schon vom Tisch und die einzige Richtung, in der kein Mensch stand, war der offenstehende Medikamenten- und

Instrumentenschrank. Es war wie in einem Comic: Die Katze sprang auf einen der Regalböden. Diese waren aus Glas, rutschig und vollgestellt mit Spritzen und Medikamentenpackungen. Sofort stieß sie sich wieder ab, sie flog praktisch nach links aus diesem Schrank, riss Packungen von eingeschweißten Spritzen und Verbandsmaterial mit sich, kam auf dem Boden auf und hechtete auf die Fensterbank.

Der Hund bekam Panik, begann, im Zimmer um den Behandlungstisch zu rennen, erkannte den einzigen Fluchtweg und nahm Reißaus Richtung Hinterräume mit den Käfigen für die stationär aufgenommenen Patienten. Er rannte, so schnell er konnte, rutschte auf den Fliesen, schleuderte gegen einen Tisch, die darauf befindliche Box mit einer Katze wackelte bedenklich, im Raum begann ein Klagen und Maunzen. Meine Tochter war geistesgegenwärtig hinter Arko hergelaufen und stoppte ihn mit einem kräftigen Schritt auf die Leine in vollem Lauf.

Jetzt endlich war die Ärztin in der Lage, Nougat im Nacken zu ergreifen, und die Assistentin packte ihre Beine. Kein schöner Anblick, doch Nougat wehrte sich auf einmal nicht mehr. Sie ließ sich auf dem Tisch absetzen und impfen. Mit einem starken Nackengriff klappte es. Genau diesen starken Griff hatte die Assistentin nicht hinbekommen, als sie die Klappe der Transportbox geöffnet hatte.

Als Nougat unter anhaltendem Protest zurück in der Box war und ihr Miau-Konzert erneut begann, atmete die Ärztin mit einem Seitenblick auf das Chaos am Boden tief ein und aus. Sie lächelte etwas angestrengt und fragte argwöhnisch:

„Und worauf müssen wir uns jetzt einstellen? Feuerspeiende Drachen?"

Amüsiert von ihrem eigenen Humor warf sie erst einen Blick auf die noch am Boden stehende zweite Transportbox und dann auf ihre Assistentin. Diese empfand das wohl als Aufforderung zum unerschrockenen zweiten Versuch, eine Katze auf den Behandlungstisch zu bringen. Dieses Mal ging es ohne Probleme. Dickie, unser genügsamer Kater, dem unser Anblick zur Beruhigung reichte, ließ sich untersuchen, impfen und zurücksetzen. Er machte nicht die geringsten Probleme.

Dieser gemeinsame Termin war der erste und blieb der einzige. Es hatte sich gezeigt: Zeitaufwendige Einzeltermine waren besser für uns, die Tiere und das Mobiliar der Klinik.

SCHLACHTFEST AM GARTENZAUN – WORTWÖRTLICH

Wie jedes Jahr war in unserem Dorf Schlachtfest. Man traf sich und zelebrierte unter fachmännischer Anleitung eines Schlachtmeisters das Schlachten der Tiere, das Zerlegen und das spätere Kochen des Fleischs. Dabei floss der ein oder andere Schnaps, die Männer teilten sich Klatsch und Tratsch und so manche Schüssel Gebratenes. Ging der Tag zur Neige, nahm man neben einem nahenden Kater die Reste mit nach Haus.

So taten dies auch zwei ältere Herren in ihren Achtzigern. Und man mag es nicht glauben, aber irgendetwas brachte diese beiden Käuze dazu, zu glauben, man müsse den Hundchen in unserem Garten auf dem Weg nach Hause etwas abgeben. Unter ,etwas abgeben' verstanden sie ein Stück Fleisch aus ihrer Aluminiumkanne mit den Resten.

Gesagt, getan. Sie warfen den Hunden ein Stück Fleisch zu. Kurz vor der Abendfütterung. EIN Stück Fleisch für zwei Hunde. Der anschließende Futterkampf war nichts für Feiglinge. Es ging hoch her. Arko kannte keinen Freund mehr, und auch der Nachbarhund war nicht zimperlich. Und wieder waren wir auf dem Weg in die Klinik, um Ohren nähen zu lassen.

Zum Glück hatten wir nie wieder einen ähnlichen Vorfall wie mit dem Golden Retriever und auch nie eine andere Verletzung durch einen ,Hundezweikampf'.

Um die Ohren ging es in den nächsten Jahren aber noch manches Mal. Beim Ohrenschütteln, und das tat Hund ständig, wenn sie juckten, nass waren oder eben einfach nur im Weg. Dann kam es öfter dazu, dass kleine oder leider manchmal auch größere Blutgefäße in den feinen Außenbereichen des Schlappohres platzten. Man merkte das nicht sofort. Erst nach ein paar Stunden oder auch nach einigen Tagen bildeten sich kleine Knubbel, Blutsäckchen. Meist an den ganz dünnen unteren Enden des Schlappohres.

Die Blutgefäße platzen und das Blut läuft nach unten, bildet kleine Säckchen und verklumpt leicht. Wenn man Glück hat, zersetzt es sich und der Knubbel löst sich auf. Bei Arko hat sich leider nie etwas aufgelöst. Und so mussten die Knubbel aufgeschnitten, die innenliegenden Gewebeschichten mehrschichtig vernäht und das Ohr dann wieder mit einer Naht verschlossen werden. Das lädierte samtig weiche Schlappohr wurde um eine Rolle gewickelt und straff einbandagiert.

Aufgehübscht mit einer Halskrause kam Arko dann aus dem OP. Diese Tüte um den Hals des Hundes ist zu seiner eigenen Sicherheit gedacht. Aber erklären Sie das mal dem Hund. Das Ding war permanent im Weg. Beim Hinlegen, beim Kratzen, beim Schnüffeln, einfach immer. Nach dem ersten Spaziergang mit Tüte am Hals hatten wir darin so viel Blätter, dass wir ein Patent hätten anmelden können. Für einen Laubsammler.

Also versuchten wir es ohne. Und siehe da, Arko war sehr vernünftig. Er kratzte nicht an dem eingewickelten Ohr, er riss den Verband nicht ab. Das Ohr wurde bei jedem Spaziergang mit einer Frühstücksbrottüte wasserdicht eingewickelt, damit der Verband nicht nass wurde, denn der Beaglekopf war ständig ganz unten im feuchten Gras. So heilte alles gut ab.

Urinproben und andere Herausforderungen

Jeder Hundemensch kennt das. Dieses fragende Gesicht, das man aufsetzt, wenn der Tierarzt bittet, eine Urinprobe oder eine Kotprobe zum vereinbarten Termin mitzubringen. Kotprobe? Simpel. Im Garten aufgeklaubt und eingetütet. Total einfach vor allem im Winter, wenn die kleinen braunen Bällchen tiefgefrorenen Köttbullar ähneln und man den Job in Nullkommanichts erledigt hat.

Anders im Sommer, wenn die Sonne unbarmherzig vierzig Grad vom Himmel schickt und Köttbullar in Brei verwandelt. Meist bemerkt man das Malheur erst, wenn man bereits den Schmutzläufer, dann den Teppich und im Flur auch noch die Noppen-Gummimatten auf den Treppenstufen mit den weichen und stinkenden Hinterlassenschaften von der Sohle der Gartenclogs ruiniert hat. Dann ist der Tag wirklich gelaufen und man hat anderes zu tun, als Kot aufzusammeln.

Hat Arko nicht in den Garten gemacht, wird es schon interessanter. Oder wie finden Sie die Frau in der Regenjacke, die den Kot ihres Hundes, anstatt in einen Beutel, fein säuberlich mit einem Strohhalm in ein Glas kickt, den Deckel zuschraubt und versonnen das soeben Aufgeklaubte betrachtet? Und dann lässt sie es auch noch feinsinnig lächelnd in den Untiefen ihrer Jackentasche verschwinden.

Urinproben sind eine völlig andere Nummer. Davon mal abgesehen, dass man in diesen Gummistiefeln wirklich nicht attraktiv daherkommt und bei der nicht gefütterten Variante auch noch ständig friert, kann man in diesem Schuhwerk auch nicht rennen und ‚am Ball, am Hund bleiben'.

Haben Sie schon mal versucht, ein Glas unter dem Hund zu positionieren, wenn er gerade Wasser lässt? Hund weiß genau, was da vor sich geht. Und es gefällt ihm nicht. Das geht schon los mit dem Fakt, dass er komischerweise heute gar nicht von der Leine darf. Normalerweise geht es am Ende unserer kleinen Straße um die Ecke und dann darf er laufen. Ohne Leine. Heute am ‚Urinsammeltag' blieb die Leine dran. Ich war bewaffnet mit allem, was Frau so braucht für einen normalen Spaziergang. Wind- und Wetterjacke, Schlapphut, Stiefel, Leine, Leckerli, Kotbeutel und zusätzlich mit einem Glas samt Schraubdeckel.

Jedes Mal, wenn Arko nur ansatzweise das rechte Bein hob, wechselte ich pfeilschnell die Leine in die andere Hand, schoss mit dem Glas in der Hand gen Boden und versuchte, den Strahl zu erhaschen. Hund war irritiert, zog das Bein nach vorne weg, hüpfte und hörte auf, zu pieseln. Ein paar Resttröpfchen sammelten sich auf der Leine, die sich zwischen meinen gummibestiefelten Füßen verfing. Das war nichts. Also weiter. Arko trödelte dahin. Er schritt nicht aus, observierte seine Umgebung nicht mit hocherhobenem Kopf und tänzelnder Rute wie sonst. Er trottete dahin, irgendwie lustlos. Und er machte kein Geschäft.

Er argwöhnte wohl Unangenehmes. Beim nächsten Mal hob er das linke Bein. Ich wechselte also wieder Leine und Glas, und so ging das weiter. Er war schneller als ich, die Anzahl der Tröpfchen, die er jedes Mal absetzte, waren minimal. Zwischenzeitlich traf ich natürlich all die anderen Hundemenschen mit ihren Vierbeinern. Und die verschworen sich gegen mich. Hund um Hund wuselte um Arko herum, die Leine verfing sich in einer anderen und Arko ließ schnell und unbehelligt von meinen Auffangkünsten Wasser. Ich versuchte, mich auf meinen Hund zu konzentrieren, aber die guten Ratschläge der anderen ließen meine Gedanken abschweifen. Ich ließ mich auf Diskussionen ein und verlor den Anschluss. Dann verabschiedete ich mich endlich und es ging weiter. Allein, nur Arko und ich. In meinem Rücken spürte ich die mitleidigen Blicke der anderen Hundemenschen.

Und so versuchte ich noch mehrere Male mein Glück. Fing, quasi im Flug, einige Tropfen auf, die ich bei der nächsten Gelegenheit wieder verschüttete. Genau, wie es meiner Tochter bei anderer Gelegenheit auch passierte. In ihrem Fall hatte ihr der Arzt eine überdimensionale Suppenkelle gegeben, da man durch den langen Stiel schneller ‚dran käme'. Aber weit gefehlt. Auch bei dieser Aktion war Arko nur höchst irritiert, pieselte in die Kelle, um im nächsten Moment mit dem Hinterbein reinzusteigen.

Es wurde ein anstrengender Spaziergang, an dessen Ende ich höchsterfreut einige wenige Spritzer Urin in meinem Glas zusammengesammelt hatte. Ich konnte nur hoffen, dass sie genügen würden. Stolz präsentierte ich am Nachmittag Arkos Urinprobe, in der nichts Verdächtiges gefunden wurde. Zum Glück.

Verdauung

Ich kenne keine Familie mit Hund, in der die Verdauung des Vierbeiners keine große Rolle spielen würde. Scheuen wir uns beim Menschen, über diese doch delikate und sehr private Sache zu sprechen, ist der Austausch über Konsistenz, Häufigkeit und Farbe beim Hund ein allseits beliebtes Gesprächsthema. Und durchaus gesellschaftsfähig. Das durften auch wir erfahren.

Gerne denke ich da an unseren ersten Besuch bei Oma und Opa zurück. Gleich nach unserer Ankunft, im Anschluss an eine dreistündige Autofahrt, schickte sich mein Vater an, mit Arko eine Runde zu drehen.

„Der Hund muss mal raus, solange im Auto sitzen und gleich hier in der Wohnung hat er nicht so viel Auslauf wie bei euch im Garten." Ein höchst begeisterter Opa kehrte zurück mit folgender Info:

„Zweimal groß. Fest. Je drei längliche Kugeln. Gepieselt haben wir auch an jeder Ecke."

Diese Informationsflut sollte sich erhalten. Je länger wir den Hund hatten, je mehr Probleme er mit dem Darm hatte, desto detaillierter wurden die Ausführungen meines Statistik-begeisterten Vaters. Wer jetzt meint, mein Vater sei mit dem Hund nur deswegen spazieren gegangen, der irrt.

Eigentlich war Arko sein ‚Kommunikationsbeschleuniger'. Wenn er den Hund dabeihatte, brauchte er keine Erklärung, warum er am Hauseingang neben den Briefkästen herumstand und darauf wartete, bis einer der anderen älteren Nachbarn erschien, mit dem sich ein Schwätzchen halten ließ. Beim Trotten um den Block und im angrenzenden Park konnte er in aller Ruhe eine Zigarette rauchen.

Auch die anderen Leute, die mit Hunden unterwegs waren, waren nie sicher vor meinem Vater. Schnell kategorisierte er sie (siehe oben, Stichwort Statistik) in die Kommunikativen, die ihre Hunde mit Arko spielen ließen, und in die Zögerlichen:

„Den haben wir hier noch nie gesehen und der wedelt ja so wild mit dem Schwanz, da gehen wir mal schnell auf die andere Straßenseite."

Und so wurde der süße Beagle mit den drei Farben, „Sagen Sie mal, ist das ein Basset?", bald zum Straßengespräch. Meine Eltern liebten es, an den Leuten vorbei zu flanieren.

Und wenn sie dann noch hörten:

„Ach, ist der aber putzig. Und die hübsche weiße Schwanzspitze erst", dann war der Tag gerettet. Man könnte meinen, sie selbst hätten das Kompliment bekommen. Also ein Hoch auf die gute Verdauung und die Verdauungsspaziergänge für Hund und Opa.

Weihnachtsüberraschungen

Sein erstes Weihnachten hat unser dreimonatiger Welpe fast verschlafen. Er lag stundenlang zusammengerollt auf einem Schoß und vergaß sogar, sein kleines Geschäft draußen zu machen. Mein Bruder lächelte irgendwann beseelt, schaut vom Boden auf, stoppte die Ohrenkraulaktion und flüstert: „Jetzt hab ich 'ne nasse Hose. Weck ihn nicht auf, er schläft so süß."

Da war Arko noch nicht stubenrein und trotzdem unser aller Liebling. Ein Jahr später hatten wir dieses Thema im Griff. Wie jedes Jahr stellten wir einen Baum auf. Wir hatten ihn bei unserem Förster geholt und brachten das Prachtstück ins Wohnzimmer. Der Baum war groß und duftete, und mit Enthusiasmus machten wir vier uns daran, ihn zu schmücken. Das ist eine Familientradition, seit die Mädchen zehn Jahre alt waren und das Märchen vom Weihnachtsmann und dem Christkind nicht mehr so richtig griff.

Unsere Weihnachtsbäume an sich sind nie so richtig schön. Ich meine damit schön im Sinne von perfekt, gerade gewachsen und von ansehnlicher Gestalt. Sie sind eher so wie wir. Ein bisschen schräg, manchmal krumm, nicht sehr genormt auf eine deutsche Weihnachtsstube, aber mit etwas Liebe und vielen schönen Ornamenten kann man was draus machen.

Es ist Tradition geworden, im Garten unseres Försters nach einem Exemplar zu suchen, das für uns alle eine Herausforderung darstellt. Für mich optisch, denn wie gerne hätte ich einmal (nur ein einziges Mal) so einen perfekten, geraden, schön dicht gewachsenen Baum wie meine Nachbarin. Für die anderen liegt die Herausforderung eher darin, den verrücktesten zu finden!

Und so erklärten mir meine drei freudestrahlend schon beim allerersten krummen Prachtstück: „Mama, auch der braucht ein Zuhause."

Beim Schmücken spielten wir laut Weihnachtslieder, die ganze Bandbreite von alten deutschen Liedern bis zu Bing Crosby, amerikanischen traditionellen Liedern bis zum Dresdner Kreuzchor. Auf dem Herd köchelte ein guter Glühwein, und die Teller mit den Plätzchen wurden auch schnell leer. Wir trugen die verschiedenen Kartons mit Baumschmuck aus dem Keller nach oben, breiteten das Lametta aus, entwirrten die Lichterketten und machten uns ans Werk.

Beagle Arko war mittendrin. Wenn alle seine Menschen da waren und Stimmung in der Bude war, das liebte er. Da kam Spaß auf. Da konnte man herunterfallende Verpackungen zerlegen, und wenn man Glück hatte, spielte eine von den vieren dann mit ihm Fangen. Bevorzugt fing man in unserem Haus Ball oder leere Plastikflaschen. Unsere Töchter setzten sich dann jede in eine Ecke des Zimmers und warfen die leeren Flaschen dem Hund und einander zu. Arko rannte blitzschnell, rutschte, sprang, seine Krallen klapperten aufgeregt auf dem rutschigen Boden, und mehr als ein Haken über Couch und Stühle setzte dem Ganzen die Krone auf. Der Geräuschpegel war für gut hörende Menschen eine echte Zumutung, und je älter und tauber der Hund, desto doller wurde das Spiel.

Mit dem Ball hin und her zu rollen, war sein bevorzugtes Spiel im Haus, dann ging es durch Stuhlbeine und unter den Tisch, die Kellertreppe runter und Ball wiederholen. Drinnen liebte er es. Aber draußen? Wie oft haben wir versucht, mit ihm im Garten Ball zu spielen. Er rannte einmal, brachte den Ball auch zurück, aber nach dem zweiten Mal fand er das öde. Warf ich den Ball hoch, schaute er ihm ewig nach und bemerkte überhaupt nicht, dass er schon längst im Gebüsch gelandet war. Irgendwie nicht sehr helle.

Am ersten stubenreinen Weihnachten hatten wir große Bedenken, ob Arko die bunt leuchtenden Kugeln vom Baum holen, die blinkenden Ornamente als Spielzeug ansehen würde. Aber nichts von alldem. Weitaus mehr freute sich unser agiler Hund jedoch an der Verpackung. Jedes Geschenkpapier wurde angefallen, er biss hinein, schleuderte die großen Bögen herum, ließ sie fallen, sprang hinein, jagte rutschend auf dem Parkett herum. Es war eine Augenweide. Fast machte es mehr Spaß, zu sehen, wie sich der Hund über dieses unerwartete Spiel freute, als die Geschenke selbst zu begutachten.

Er markierte auch nicht, was er übrigens nie in einem geschlossenen Raum gemacht hat, sein ganzes Leben nicht. Es war also alles paletti. Dachten wir.

Die besinnlichen ruhigen Tage des Jahres lagen hinter uns und wir hatten für Silvester Freunde eingeladen. Was ist ein Besuch am Ammersee ohne Besteigung des heiligen Bergs? Also machten wir uns im Schneegestöber auf den Weg, um Kloster Andechs einen Besuch abzustatten. Natürlich gemeinsam mit Beaglemann Arko. Es war ein schöner Wintertag. Schneebedeckt die Wege und Wiesen auf dem Weg hinauf. Für den kleinen Beagle war dieser Ausflug mit seinen Menschen eine Riesenfreude. Springen im Schnee, buddeln und schnüffeln, bis der ganze Kopf in der weißen Pracht verschwand. Höchstes Glück also.

Und bei so viel Bewegung musste er dann auch sein Geschäft verrichten. Aber was war das? Ein kleines braunes Würstchen auf dem Weg aus dem Hund und dann ein silbernes Etwas. All das hing am Hund, es wollte nicht raus. Also hin und helfen, was tut man nicht alles! Unser Freund hielt Arko fest. Der wollte natürlich nachsehen, was da so hing. Er versuchte die Sache mit dem Hund und dem Schwanz und drehte sich wie ein Kreisel um sich selbst. Meine Frau behände dahinter und zog vorsichtig an dem Etwas … dem Lametta. Es war Lametta. Unverdaut. Logisch. Wir entfernten zwei völlig intakte Fäden Lametta aus dem Hund. Sichtlich befreit machte Hund einen Satz nach vorne, unser Freund einen Satz nach hinten, rein in den Schnee. Hund auf Freund drauf, weil er dachte: „Jetzt geht das Spielen los!" Am Ende wuselten alle im Schnee, warfen Bälle und freuten sich an ‚Lametta in Hund'.

Gerne komme ich nochmals auf das Thema ‚Markieren' zurück. Ich kann wirklich sagen, wir hatten fast nie Probleme damit. Nur ein einziges Mal, in Wien, auf der großen wunderschönen Einkaufsstraße in der Mitte der Stadt, die unter anderem auch all die tollen teuren Designerläden beherbergt. Wieder war Weihnachtszeit, ein Adventssamstag, und wir schlenderten mit Hund und Oma durch die prachtvoll geschmückte Stadt. Alle Geschäfte hatten ihre Türen bis in den frühen Abend hinein geöffnet. Die Straße war mit quergespannten riesigen Kronleuchtern außerordentlich schön beleuchtet und die Schaufensterdekorationen glitzerten und funkelten.

„Hunde müssen draußen bleiben" – das war hier das Motto. Also vertrieben Arko und ich uns die Zeit beim Warten mit Auf- und Ab-Schlendern und Schaufensterbummeln. Am Geschäft der französischen Handtaschenmarke, berühmt durch braunen Canvas und ein verschlungenes LV, standen am Eingang zwei hohe Pflanzgefäße. Kunstvoll dekoriert mit verschiedenem Tannengrün und riesigen roten Kugeln. Ganz versonnen dachte ich bei dem Anblick an meine eigene Vorgartendekoration und wie sich so was wohl umsetzen ließe, als ich ein „Also das ist ja wohl unmöglich!", hörte. Ich folgte den Blicken des schimpfenden Paares und sah das Malheur. Arko hatte an die elegante Dekoration markiert. Für den Bruchteil einer Sekunde hielt er das rechte Bein noch in der Luft, hob den Kopf, letzte Tröpfchen entfleuchten, dann ruckte ich an der (zu langen) Leine, er hüpfte flink die zwei Stufen von der Eingangstüre des Geschäftes herunter und gesellte sich zu mir, genau zwischen meine Beine. Das war der Platz, wo er immer Schutz suchte, wenn etwas Komisches passierte oder er sich unwohl fühlte. Ich murmelte etwas von:

„Tut mir leid ... so was macht er sonst nie ...", und für den Rest des Abends hielten wir Abstand von Außendekorationen und Parkbänken, Menschenbeinen und Bistrotischen.

Ein X für ein U vormachen oder läufige Hündinnen

Arko muss sechs oder sieben Jahre alt gewesen sein, als er sich eines Nachts einfach nicht zum Schlafen hinlegen wollte. Wir waren selbst erst spät schlafen gegangen, und an diesem Abend hatte sich unser Hund auch nicht früher hingelegt, wie es manchmal der Fall war. Im Gegenteil, er war den ganzen Abend x-mal im Garten auf und ab gegangen, hatte ständig seine Liegeposition auf der Couch gegen sein Körbchen getauscht, war trinken gegangen, wollte raus. Kurzum: Er war irgendwie nervös. Bei den Kindern und solchen Symptomen hätte ich auf ‚Klassenarbeit' getippt. Bei Hundemann eher auf ‚Magen-Darm'. Wir waren alarmiert.

Im Schlafzimmer lief er aufgeregt hin und her und atmete schnell und stoßweise. Er stieß kleine spitze Beagleschreie aus, als ob er auf der Jagd wäre. Dieser hohe Ton ist für jeden Beaglekenner Anlass, sehr aufmerksam zu sein, normalerweise ist der Hund dann auf und davon. Von einer Fährte angefixt und los geht es. Aber aus dem Schlafzimmer kam man nicht raus. Wir dachten, Arko würde vielleicht den übermütigen kleinen Marder wittern, der des Nachts bei uns manchmal sein Unwesen trieb. Ich versuchte, unseren Hund durch Körperkontakt zu beruhigen, schlang meine Arme um seinen zitternden muskulösen Oberkörper und hauchte ihm tröstende Laute ins Ohr. Aber er beruhigte sich nicht. Er wollte raus aus dem Zimmer. Und wir hinterher.

Er inspizierte mit demselben Hecheln und den kleinen spitzen Schreien weiter unseren Garten. Kein Ende war in Sicht. Mit Mühe und einer Handvoll Leckerli bekamen wir ihn nach einer gefühlten Ewigkeit wieder ins Haus. Aber sein aufgeregtes Hin- und Herrennen wollte nicht aufhören.

Dann wieder setzte er sich kurz hin, ganz außer Puste, und versuchte, sich zu beruhigen. Fehlanzeige. Nach einigen wenigen Verschnaufsekunden ging das Ganze wieder von vorne los. Panik machte sich bei uns breit. Er würgte nicht, übergab sich nicht, fraß kein Gras. Das alles wären Anzeichen für Magen-Darm-Probleme gewesen, doch heute: nichts davon. Hätte sein Rücken sich wieder mal gemeldet, wäre er nicht rumgerannt, sondern hätte sich hingelegt und sich so wenig wie möglich bewegt. In unserer Sorge riefen wir den Bereitschaftsdienst unserer Tierklinik an.

„Kommen Sie vorbei."

Also den Hund eingepackt und auf zum Arzt. Dort angekommen, hatte er sich etwas beruhigt, war aber noch immer außer Atem. Als er aus dem Auto sprang, begann er in aller Seelenruhe, die Umgebung zu inspizieren. So, als ob alles super wäre.

Nach gründlicher Untersuchung kam unsere Ärztin zu dem Schluss: „Ihm fehlt nichts. Herz, Lunge, alles klingt normal. Er wird eine läufige Hündin gewittert haben, er ist völlig außer Rand und Band deswegen. Junge Hunde reagieren darauf oft sehr heftig, und seine Nase wittert so eine Hündin eben auch aus großer Entfernung. Die muss nicht nebenan wohnen." Das amüsierte Grinsen unserer Ärztin sehe ich noch heute vor mir.

Die Nacht verlief nach der Verabreichung eines leichten Beruhigungsmittels dann ganz gut, er schlief völlig ausgepowert. In den folgenden Wochen versuchte unser sonst so folgsamer Rüde mehrere Male, vom Grundstück zu kommen und auszubüxen. Keine auch noch so kurz geöffnete Gartentür war vor ihm sicher, der Drahtzaun unseres Grundstücks wurde an allen denkbaren und undenkbaren Stellen darauf untersucht, ob man ihn nicht verbiegen und nach draußen durchschlüpfen konnte. Er buddelte große Löcher am Zaun und war anderen Rüden gegenüber auf einmal aggressiv. Das kannten wir nicht von ihm. Er, der sonst alle Hunde mochte, oder die anderen, die er eben nicht so gut ‚riechen' konnte, einfach mit Missachtung strafte, musste bei Hundebegegnungen sofort an die Leine. Es wurde unmöglich, andere Hunde auf ‚sein Grundstück' zu lassen. Wenn uns ein anderer Hundemensch besuchte, mussten wir ihn bitten, seinen Hund daheim zu lassen. Wir waren ziemlich ratlos. Als ich Arko dann eines Tages an einer Zaunecke mit dem Kopf halb draußen fand, stand mein Entschluss fest. Wir wollten den Rat der Ärztin befolgen, bei ihm die ‚chemische Kastration‘ probieren und schauen, ob er dann etwas ruhiger wurde. Die Simulation einer Kastration auf chemischem Wege würde zeigen, ob es einen Einfluss auf sein Verhalten hatte und er sich dann hoffentlich nicht selbst immer wieder in brenzlige Situationen brachte.

Nach nur drei Wochen waren all diese Symptome vorbei. Er war wieder der ausgeglichene Hund, der jeden liebte, jeden schwanzwedelnd begrüßte. Auch andere männliche Vierbeiner auf ‚seinem Grundstück‘.

Yoga & der ‚Hund'

Ich habe früher nie darüber nachgedacht, warum ‚der Hund' beim Yoga so heißt. Warum nicht? Keine Ahnung. Und auch als ich einen Hund hatte und ihn täglich bei seinen Streckübungen beobachtete, kam mir das nie in den Sinn.

Erst als ich anfing, Yoga bei mir zu Hause vor dem Fernseher statt im Studio zu machen und sich Arko ständig zu mir auf die Matte gesellte, wurde ich schlauer.

Arko liebte die weiche Yogamatte. Wann immer ich sie ausrollte und er es mitbekam, musste ich ziemlich schnell sein, um genügend Platz darauf zu bekommen. Denn am liebsten beanspruchte er die Matte ganz für sich. Verließ ich nach dem Ausrollen noch mal das Zimmer, fand ich ihn ausgestreckt auf dem Rücken vor. War ich schneller als er, dann positionierte er sich meist an Kopf- oder Fußende und gab den Platz auch nicht mehr her. Er beobachtete mein Tun mit Interesse und angelegten Ohren und wurde es nicht müde, auch sich selbst zu recken und zu strecken. Wahrscheinlich waren dies Verbesserungsvorschläge vom Profi! Wenn Arko irgendwann genug hatte, schob er sein Hinterteil nach oben, streckte seine Vorderseite, entzerrte seinen Brustmuskel, reckte seine Schnauze perfekt und schenkte beim Aufstehen den Blick, der mir sagen wollte:

„Yepp, so geht das. Genauso. Und nun DU! Versuch's mal!"

YOGA entspannt. Den Hund und den Menschen. So mancher hätte das wirklich dringend nötig. Meiner Meinung nach betrifft das auch einige aus unserer ‚Hundecommunity'. Denn das Verhalten anderer Hundemenschen in Bezug auf unsere Lieblinge hat mich manchmal geärgert.

Für mich und auch für Arko war es anstrengend, wenn andere ihre Hunde nicht im Griff hatten. Auch musste man sich z.B. immer wieder entschuldigen, bat man einen Hundemenschen, seinen Vierbeiner an die Leine zu nehmen. Ich tat dies vorzugsweise, wenn Arko eine Verletzung hatte, zum

Beispiel die aufgeplatzten Ohräderchen, und nicht wild spielen sollte. Oder wenn ein fremder beigefarbener Hund erschien und ich nicht einschätzen konnte, wie die beiden miteinander auskamen. Denn auch Arko konnte durchaus kratzbürstig sein, knurren und die Zähne zeigen, wenn ihm ein Rüde nicht passte.

Dann bat ich ums Anleinen. Leider musste ich mir daraufhin immer und immer wieder anhören, wie schlecht es sei, dass ich meinen Hund nicht im Griff habe. Dieses Verhalten ist unnötig. Manche diskutierten, schrien im schlechtesten Falle, verloren die Kontrolle, und ich hatte manches Mal den Eindruck, die Hunde seien ein Katalysator. Manche wurden kleinlaut. Manche gingen offen an die Sache heran, andere waren extrem engstirnig. Auf jeden Fall brauchen wir hier alle etwas von der Gelassenheit des Yoga.

Ähnlich wie in der Kindererziehung ist es auch bei Hundemenschen nicht gern gesehen, wenn man mal nicht so gut auf seinen vierbeinigen Freund zu sprechen ist. Wenn ich manchmal am Morgen echt zerknautscht war, weil Arko x-mal des Nachts seine Schlafposition in meinem Bett geändert hatte oder unbedingt gegen fünf raus wollte, nachdem ich erst spät von einer Reise heimgekommen war, dann fiel es mir ab und an schwer, schwärmend von ihm zu erzählen.

Manchmal wollte ich meinen Unmut einfach rauslassen oder nörgeln, dass es mich nervte, nachts raus zu müssen, nur weil ein Familienmitglied vergessen hatte, den Vierbeiner vor dem Schlafengehen in den Garten zu schicken. Nicht zu sprechen vom Dreck, dem man jahrelang im Haus hinterher putzte, den unzähligen Staubsaugereinsätzen und Waschmaschinenladungen, die man wuppte, fiel mir manchmal echt schwer. Denn die ‚Community' sieht das nicht gerne. Es ist einfacher, über einen problematischen fünfjährigen Jungen zu reden, als über Probleme mit dem Hund.

Beim Hund wird oft gelogen. Alle sind ständig empathisch, der Hund muss bedingungslos geliebt werden. Über gesundheitliche Probleme darf man nicht sprechen und wenn man es doch tut, bekommt man gewollt oder ungewollt alle möglichen Tipps und neue Methoden bezüglich Ernährung, Ohrenreinigung, Osteopathie. Aber über Rowdytum, zwanzigmal aufstehen am Abend, weil Hund im Garten nach dem Rechten sehen will, darüber redet keiner. Alle tun so, als ob ihre Hunde einfach perfekt seien.

So, wie auch viele Hundemenschen glaubten, sie müssten mir erklären, was mein Hund gerade denkt und fühlt.

„Ach nein, lassen Sie ihn doch. Er wedelt mit dem Schwanz. Also will er spielen!"

Aber Arko saß mit aufgestelltem Rückenfell zwischen meinen Beinen und machte keinerlei Anstalten, sich mit dem großen Retriever auch nur im Ansatz zu vergnügen. Oder er rannte klar erkennbar vor einem anderen Hund weg. Nicht spielerisch, mit Umdrehen und stoppen, sondern einfach nur weg. Meist hin zu uns.

Wie oft erklärte mir mein Gegenüber mit Bestimmtheit, die keine Widerrede erlaubte, ich wäre auf der falschen Fährte und man müsse die Hunde nur spielen lassen. Ich war versucht, mit derselben Bestimmtheit zu antworten. Ich kannte meinen Hund und wusste, dass er jetzt nicht spielen wollte. Doch meist leinte ich meinen Liebling an, gab ihm ein Leckerli und ging in die andere Richtung davon. Natürlich nicht, ohne meinem Gegenüber einen schönen Tag zu wünschen, denn wir trafen uns ja morgen vielleicht schon wieder.

Ich denke, wir sollten mit diesem Thema entspannter umgehen. Ein Leben mit einem Hund, einem Lebewesen, das einen eigenen Kopf und viele verschiedene Bedürfnisse hat, stellt uns vor immense Herausforderungen. Manche lösen wir problemlos, quasi spielend, andere bleiben für immer ein Mysterium, nerven uns ein Hundeleben lang.

Denn wir sind Menschen, weder perfekt in der Kindererziehung, noch im Umgang mit unseren Mitmenschen oder unseren Hunden. Und das ist total okay. Der Hund liebt uns trotzdem.

Er streckt sich in den ‚Hund', gähnt und ist weitaus entspannter als wir.

Zitronenfalter

„Haben Hunde wohl zwei Leben? Was meinst du, Mama, kommt er wieder?" Arko war für immer eingeschlafen und lag noch in seinem Bettchen in unserem Wohnzimmer, als meine Tochter diese Frage stellte.

Als an diesem Montagmorgen im April klar war, dass unser geliebter Beaglemann den Tag nicht überstehen würde, waren wir verzweifelt. Irgendwie hatten wir geglaubt, der morgendliche Trip zum Arzt würde darin münden, dass er ein Medikament bekam und sich schnell erholte. So wie bisher immer. Manchmal hat man ja Ahnungen, ein komisches Gefühl. Heute nicht.

Arko atmete zwar schwerer als sonst, aber er war am Abend zuvor ohne Probleme in mein Bett gesprungen, hatte sogar durchgeschlafen. Doch dann wollte er nichts essen, nichts trinken, er ließ sich kaum streicheln, nicht in den Arm nehmen. Hoben wir ihn auf die Couch, so stellte er die Vorderbeine auf und wollte sich nicht mehr hinlegen.

Er war krank, hatte einen riesigen Tumor in der Niere und sehr viel Wasser in Lunge und Herz.

Die Tierärztin, die uns seit Jahren begleitete, überbrachte uns die schreckliche Nachricht mit dem Hinweis darauf, dass wir ihr immer gesagt hatten: Wir wollen Arko nicht leiden sehen. Nun wäre der Tag gekommen, sagte sie, wir sollten ihn gehenlassen. Spätestens heute Abend würde es soweit sein.

Aber es war noch Zeit, um sich zu verabschieden. Unsere beiden Töchter, gerade auf dem Weg zur Arbeit, brachen nach einem Telefonat sofort in Richtung Bahnhof auf. Sie nahmen Urlaub und saßen binnen dreißig Minuten im nächsten Zug zu ihrem Bubu, ihrem Arkomann, nach Hause. Zu Hause war, wo Arko war. Sie sind beide noch rechtzeitig gekommen, um ihm Lebewohl zu sagen. Oder Arko hat auf sie gewartet, wer weiß das schon so genau.

Die Frage: „Was kommt jetzt?" sprach meine fast dreißigjährige Tochter aus, die unendlich traurig in den sternenlosen Himmel sah. Ich war ziemlich verwirrt über diese Frage, denn weder ist sie religiös, noch haben wir je über so etwas gesprochen. Und doch konnte ich fühlen, dass sie von mir jetzt eine Mama-Antwort brauchte. Also vergrub ich für einen Moment meinen eigenen Schmerz, schloss die klaffende Wunde in meiner Seele und schluckte den Kloß in meinem Hals hinunter.

Ich erzählte ihr die Geschichte von der Freundschaft meiner Mutter zu ihrer Cousine. Diese Cousine war viel zu früh verstorben. Wann immer meine Mutter danach einen Schmetterling im Garten sah, rief sie:

„Schau nur, Regina ist da!"

Es gab ihr Frieden, zu glauben, die Cousine besuche sie wieder und wieder an diesem Ort, an dem sie beide so glücklich gewesen waren. Mit dem sie viele positive Erinnerungen verknüpften.

Und so sagte ich meiner Tochter, dass Arko wahrscheinlich als prachtvoller Schmetterling zurückkäme. Sie war zufrieden mit meiner Antwort und legte für einen kurzen Moment ihren Kopf an meine Schulter.

Am übernächsten Morgen brachen meine Töchter zu einer letzten Gassirunde auf. Sie nahmen den Weg, den sie sonst oft mit ihrem Arko gegangen waren. Danach wollten sie zurück in ihre Leben, zu ihren Männern, ihrer Arbeit fahren. Aber dieser Morgen gehörte noch ganz dem Gedenken an ihren wundervollen Wegbegleiter Arko. Zwanzig Minuten nach dem sie losgezogen waren, kündigte mein Handy eine Nachricht an. Es war ein Bild von einem Schmetterling. Mein Herz fing wie wild an, zu pochen, und ich schaute gespannt auf das Display.

Dann kam eine weitere Nachricht:

„Mama, er sitzt hier. Genau an der Stelle, wo Arko immer gewartet hat, um von uns das Signal zu bekommen, ob es links zum Wasser oder geradeaus ins Dorf geht."

Schicksal? Zufall? Karma? Ich jedenfalls habe geweint und gelacht, den Kopf geschüttelt, alles liegen und stehen gelassen und sofort meine Tochter angerufen.

Und genau, wie es meine Mutter beruhigt, ihre Cousine manchmal bei ihr zu wissen, so beruhigt es auch mich und ich begrüße jeden Zitronenfalter in unserem Garten ganz besonders herzlich.

Epilog – Liebe unplugged

Es ist still geworden in deinem Haus, lieber Arko. Kein Trappeln mehr, kein Kratzen an einer geschlossenen Tür. Keine schmutzigen Verandatürscheiben mehr. Bis auf eine, die ich noch immer nicht putzen konnte. Du schaust mir nicht mehr beim Duschen zu. Keiner begleitet mich den ganzen Tag treppauf, treppab und jagt mich am Abend zehnmal von der Couch, um im Garten die Katzen zu vertreiben.

Die Tür schloss sich hinter dir und ich weiß, es ist für immer. Nie wieder werde ich fröhlich schwanzwedelnd begrüßt werden. Nie wieder am Morgen von deiner Hundeschnauze geweckt werden, und nie wieder wirst du dich an meinem Bauch einrollen und genüsslich eine weitere Stunde unter meiner Decke vor dich hin dösen.

Nie wieder wirst du mit deinen großen braunen Augen ein Stück Popcorn erbetteln und nie wieder wird mich dein Schnarchen nachts wecken. Nie wieder können wir Cottage Cheese essen, ohne an dich zu denken. Noch immer höre ich deine Krallen auf den Holzdielen, noch immer denke ich um achtzehn Uhr daran, dich zu füttern.

Wir mussten dich gehen lassen. Du warst erschöpft und hast deine müden Augen geschlossen.

Jeder unserer Tage ist gespickt mit Erinnerungen an dich, die einfach nicht verblassen. Denn jeder unserer Tage drehte sich um dich, um dein Wohlergehen. Vor allem in den letzten zwei Jahren, als du nicht mehr ganz so fit warst, haben wir alles getan, damit es dir gut ging.

Du hast uns mehr gegeben, als wir jemals erhofft hatten. Die Beziehung zu dir war rein und ehrlich. Du hast immer gespürt, was wir gerade brauchten, wie sehr du an der Leine ziehen konntest oder wie gut du bei Fuß gehen musstest.

Deine Begleitung hat viele Ausflüge zu etwas Besonderem gemacht, weil wir die Umgebung immer auch mit deinen Augen gesehen, mit deiner Nase wahrgenommen haben. Du hast still neben mir gesessen und abgewartet, bis ich mit meinen Quigong-Übungen fertig war. Und dann haben wir beide nebeneinander noch eine Weile über das Wasser geschaut.

Ich vermisse das.

DANKSAGUNG

Die Arbeit ist getan. Tränen sind geflossen. Erinnerung kann hart sein. Aber auch befreiend und schön. Jetzt bleibst Du für immer, lieber Arko. Nicht nur in unseren Herzen.

Ich habe auf diesem Weg unerschütterliche Aufmunterung und Unterstützung von meiner Frau erfahren. Danke, Colinne, dass Du an mich glaubst, mich unterstützt, den Freiraum geschaffen hast, den ich brauchte, um schreiben zu können. Danke für all Deine Geschichten, die hier eingeflossen sind. Danke für jeden frühen Morgenspaziergang mit unserem Beaglemann. Danke für Deine Liebe.

Ein liebevolles Dankeschön geht auch an meine Töchter Juliane und Nathalie. Immer und immer wieder habt Ihr Euch alles angehört, Kapitel um Kapitel gelesen, redigiert und Eure Meinungen dazu kundgetan. Wir haben Cover diskutiert, Bilder ausgesucht und Ihr habt natürlich Eure Geschichten beigesteuert. Danke.

Durch das sorgsame Korrektorat von Anke Höhl-Kayser von den „Textehexen" bekam mein Buch den Schliff, den es jetzt hat. Ich liebe Schachtelsätze und Anke hat diese liebevoll in ‚besser lesbare Bahnen' gelenkt! Ich konnte eine Menge von Ihr lernen.

Am Ende noch ein Danke an Dich, Papa. Die Liebe zu Büchern habe ich von Dir. Ein halbes Jahrhundert später habe ich mein erstes eigenes Buch geschrieben. Ich hoffe wir können noch viele Bücher gemeinsam lesen und uns austauschen. Du weißt schon:"The last man standing!"

Liebe Leserin, lieber Leser. Vielen Dank , dass Sie bis hierher gelesen haben. Ich hoffe, es hat sich gelohnt. Als Selfpublisher freue ich mich sehr über eine Bewertung. Danke.

MIX

Papier | Fördert
gute Waldnutzung

FSC® C083411

Zeitfracht Medien GmbH
Ferdinand-Jühlke-Straße 7
99095 Erfurt, Deutschland
produktsicherheit@kolibri360.de